LAISHI DE LU
来时的路
亲历者讲述红色故事

# 高邮落日

洪学智 等◎著

任德才 牛胜启◎编

中国文史出版社

图书在版编目（CIP）数据

高邮落日／洪学智等著；任德才，牛胜启编.
北京：中国文史出版社，2024.12. --（来时的路：亲
历者讲述红色故事／朱冬生主编）. -- ISBN 978 -7
-5205 -4994 -3

Ⅰ. I251

中国国家版本馆 CIP 数据核字第 2024UL9928 号

责任编辑：金　硕　胡福星

出版发行：**中国文史出版社**

社　　址：北京市海淀区西八里庄路 69 号　　邮编：100142
电　　话：010 -81136606/6602/6603/6642（发行部）
传　　真：010 -81136655
印　　装：廊坊市海涛印刷有限公司
经　　销：全国新华书店
开　　本：700mm×1000mm　1/16
印　　张：15
字　　数：144 千字
版　　次：2025 年 1 月北京第 1 版
印　　次：2025 年 1 月第 1 次印刷
定　　价：69.00 元

# 丛书编委会

----------------------------------------------------------------

### 选题缘起

一是贯彻落实习近平总书记提出的"要讲好党的故事、革命的故事、根据地的故事、英雄和烈士的故事，加强革命传统教育、爱国主义教育、青少年思想道德教育，把红色基因传承好，确保红色江山永不变色"重要指示精神，深入挖掘红色资源，丰富精神宝库。"采取青少年喜闻乐见、易于接受的形式"，讲好"四个故事"、加强"三个教育"，以高度的历史自觉培育有理想、有本领、有担当的时代新人。抚今追昔、鉴往知来，不忘初心、牢记使命，始终牢记"我们走得再远都不能忘记来时的路"，让信仰之火熊熊不息。

二是引导人们树立正确的历史观。中国共产党百年非凡奋斗历程为我们留下了丰厚的精神遗产，随着时间的推移，现阶段人们尤其是年青一代对当年那一段血与火的历史已渐感陌生；网络时代媒体传播的多元化，极大丰富了人们的信息资源，但在一定程度上也干扰了人们对历史的正确认知，特别是关于党史和军史，存在不准确甚至不正确的史料传播。本丛书旨在通过收集和整理史料，让历史说话，用史实发言，为人们树立正确历史观提供翔实资料。

三是文史资料再开发的尝试。现存的权威军史资料大都时日已长，为防止宝贵的红色资源湮没在历史尘埃中，迫切需要对其进行深度挖掘、梳理整合，以"亲历、亲见、亲闻"的"三亲"史料的形式，让红色资源以新的体系、新的样态呈现在世人面前，更好地发挥教育功能。

### 编选原则

一是坚持正确的政治立场。牢牢坚持党性原则，牢牢坚持马克思主义新闻观，牢牢坚持正确舆论导向，牢牢坚持正面宣传为主。

二是主题鲜明。丛书反映了中国共产党团结带领中国人民，以"为有牺牲多壮志，敢教日月换新天"的大无畏气概，书写了中华民族几千年历史上最恢宏的史诗；展现了坚持真理、坚守理想，践行初心、担当使命，不怕牺牲、英勇斗争，对党忠诚、不负人民的伟大建党精神。

三是史料权威。丛书内容来源于《中国人民解放军历史资料丛书》《中国抗日战争军事史料丛书》《中国工农红军长征史料丛书》所收录的文章及老一辈革命家的回忆录等。涉及党内路线斗争的题材概不收入；涉及犯有重大错误的人员的情况只做客观描述，不做评述；理论性较强，不便于一般读者理解的文章慎重选录。

四是注重"三亲"性。所选文章紧扣"亲历、亲见、亲闻"的特点，内容感人至深、思想丰富深刻、语言通俗易懂，为加强红色资源的故事化提供生动范例，做到知识灌输与情感培养并举。

## 卷册专题划分

一是在纵向上按照中国革命的历史进程，讲述了土地革命战争时期、抗日战争时期、解放战争时期及新中国成立初期的党史和军史故事。

二是在横向上各个历史时期再按区域或按部队序列进行分述。如土地革命战争时期的各地武装起义，按照当年武装起义比较集中的地区，如湘赣、湘鄂西、鄂豫皖、苏浙闽沪、陕甘等分别编辑成册。抗日战争时期，按照八路军第一一五师、第一二〇师、第一二九师、新四军、华南抗日游击队、东北抗日联军等分别编辑成册。解放战争时期，按照第一、第二、第三、第四野战军和华北军区部队，以及剿匪斗争、策动国民党军起义投诚等分别编辑成册。后勤工作、军队院校等特殊领域,单独成册。

囿于文史资料的自身特点,作者个人身份立场、视野角度不同,一些人撰稿时年事已高、事隔经年,记忆恐有偏差,细节难求完全准确,有意偏重或弱化亦难避免。对此,我们力求维持原貌,体现多说并存,只对一些显而易见的讹误进行了谨慎订正。诚然如此,由于我们能力水平和主客观条件的限制,难免有疏漏之处,恳请广大读者批评指正!

编　者

2024 年 6 月

　　抗日战争进入战略相持阶段后，蒋介石态度发生变化，开始推行积极反共、消极抗日的政策。1941 年 1 月爆发了震惊中外的皖南事变，新四军遭遇重大损失。面对日益严峻的斗争形势，中国共产党以抗日的大局为重，在军事上严守自卫，在政治上坚决反击。中共中央军委于 1941 年 1 月 20 日发布重建新四军军部的命令，并公布大量事实，揭露国民党破坏抗战的阴谋。在国内外压力下，国民党顽固派不得不有所收敛。本书收录的文章真实记录了新四军重建军部、整编部队之后，面对日军的疯狂进攻和国民党顽固派的经济封锁，在中国共产党的正确领导下，充分发挥人民战争的威力，健全主力兵团、地方兵团和民兵自卫队，采取多种多样的斗争形式，不断消耗和削弱敌人，保存和积蓄自己的力量。在敌强我弱、力量悬殊的情况下，灵活机动，敢打必胜，逐步从小到大、由弱变强，成为华中抗战的生力军，也从另一个侧面反映了华中敌后抗战的特殊性、复杂性与艰苦性。

# 目 录

胡继成　刘本诚　　气吞山河的大胡庄战斗 ················· 1

叶　飞　　　　　　盐阜反"扫荡" ····················· 5

吴华夺　　　　　　大桥战役 ························· 9

欧阳惠林　　　　　塘马战斗 ························· 16

罗应怀　　　　　　血战朱家岗 ····················· 23

刘少卿　　　　　　大悟山反"扫荡" ················· 39

张大鹏　何亦达　　血战大鱼山岛 ··················· 48

饶守坤　　　　　　桂子山战斗 ····················· 57

韦国清　　　　　　山子头自卫反击战 ··············· 64

吴为真　　　　　　小沙东海上遭遇战 ··············· 72

胡炳云　　　　　　刘老庄八十二烈士 ··············· 81

刘亨云　　　　　　梁弄战斗 ······················· 88

彭胜标　　　　　　磨盘山自卫反击战 ··············· 95

成　钧　张翼翔　　占鸡岗歼灭战 ··················· 99

姬鹏飞　　　　　苏中四分区反"清乡"斗争 …… 105

叶　飞　　　　　掏心战术克车桥 ………………… 115

彭德清　　　　　耙齿凌遭遇战 …………………… 121

徐　超　邱巍高
王　坚　　　　　周城战役 …………………………… 126

刘　飞　　　　　三垛河伏击战 …………………… 135

王培臣　　　　　激战周家大山 …………………… 142

李　元　　　　　血战白龙厂 ……………………… 147

刘亨云　张文碧　讨伐田岫山 ……………………… 152

王　胜　邱相田　溆浦背水突围战斗 ……………… 162

洪学智　　　　　解放阜宁城 ……………………… 172

赵汇川　　　　　攻克睢宁 ………………………… 188

管文蔚　姬鹏飞
张　藩　　　　　攻克兴化 ………………………… 195

黄克诚　　　　　两淮战役 ………………………… 199

刘　震　　　　　淮阴攻坚战 ……………………… 206

谢云晖　　　　　高邮落日 ………………………… 216

冯少白　　　　　华丰受降 ………………………… 222

# 气吞山河的大胡庄战斗

胡继成　刘本诚

1941 年 4 月，新四军第三师八旅二十四团奉旅部电令，开赴苏北盐阜区执行地方化和加强与改造地方武装的任务。部队从皖东北出发，经淮海区进至盐阜区苏家嘴。因经过长途行军，部队非常疲劳，需要休息，恢复体力。为了保证部队安全，团司令部派一营副营长巩殿坤率二连 82 名指战员轻装进到茭陵镇一带，担任对淮安、淮阴、涟水方向的游动警戒。

为防止敌人袭击，二连经常变动驻地。太阳快落山时，二连指战员悄悄移驻茭陵镇南边的大胡庄。连队领导经过紧张的现场察看，决定在庄西北的小西场过夜，并迅速派出警戒。

敌人得到二连在大胡庄宿营的情报后，连夜从涟水出发，以 200 名日军和 500 多名伪军的兵力悄悄地包围了大胡庄。

"啪！"我军哨兵发现了紧急情况，鸣枪报告。随着一阵枪声，敌人凶狠地扑了过来，一下子冲进了圩子，把二连的驻地拦腰截断。有丰富战斗经验的晋志云连长迅速指挥一、二排利用院墙、猪圈和房屋的窗口等就地展开。副营长巩殿坤指挥着已遭受伤亡的三排抢占房屋，把住巷口等几个有利地形，奋起还击，终于压住了敌人的第一次冲锋。

敌人是怎么来的？有多少人？就在指挥员们抓紧摸清敌人情况的时候，日军把伪军赶在前面，紧接着对二连阵地发起了第二次冲锋。霎时间，阵地上尘土飞扬，砖瓦横飞。屋顶炸穿了，院墙打塌了，战士们一个接一个倒下去。然而二连的同志们英勇顽强，一个挨着一个上，日、伪军不得不以更大的代价来换取英雄们的牺牲。敌人第二次冲锋未能奏效，紧接着的第三次冲锋又给顶了回去。强盗们发怒了，他们连续放出几颗毒瓦斯，趁烟雾未散，又发起了第四次冲锋。这时，二连已伤亡过半，子弹、手榴弹也所剩无几，已无突围的可能，只有与敌人决一死战。副营长巩殿坤果断地命令战士们上好刺刀，当日、伪军冲到面前时，他一跃而起，大喊"杀！"并率先猛刺，战士们也一起与敌人展开殊死肉搏。被分割在另一边的连长晋志云沉着指挥一、二排的战士将房屋的山墙打通，让战士们能穿墙移动，巧妙地和敌人捉迷藏，把敌人打得晕头转向。经过指战员的浴血死战，终于打退了敌人的第四次冲锋。

几个小时过去了，凶残的敌人仍是一筹莫展。于是敌人抢来群众的柴草，从庄北头点火烧屋。在呼呼的东北风猛刮下，小西场顿时浓烟滚滚，烈焰冲天。

"弟兄们，火烧眉毛只好顾眼前了！快投降吧！"一名伪军声嘶力竭地干号着。"啪！"身负重伤的巩副营长一枪撂倒了这个家伙。被激怒的敌人又趁着浓烟烈火发起了第五次冲锋。

二连指战员镇定地战斗在火海之中。这边，二连的机枪手牺牲了，战士也剩下不多了。炊事员顽强地从血泊中爬过来，抱着机枪向敌人扫了最后一排子弹。身负重伤的晋志云同志清楚地知道他们已经到了最后时刻，他坚毅沉着地和身边几个伤员拆毁了机枪，将机枪的零件扔到猪圈和土井里。阵地上其他伤残的战士们也一个个跟着将自己心爱的武器拆毁。当敌人哇哇地冲到跟前时，有的负伤战士拼尽全身力气，死死地抱着敌人滚进浓烟烈火，有的拉响最后一枚手榴弹，与敌人同归于尽……

另一边，巩殿坤同志见一、二排阵地已经丢失，大火又烧着了自己所在的瓦屋，身边渐渐看不到活动着的战士，他熟练地卸掉机枪，使尽全身力气砸向一个爬到墙根的敌人。接着，无情的大火将他吞没了。

阵地上稀疏的枪声渐渐停了下来，火在吞没掉半个庄子之后，终于在一个两栋房屋间隔较大的地方熄灭了。敌人龟缩着脖子，踩着一片焦土，占据了二连的阵地。鬼子见到几个身负重伤的战士拒不投降，竟丧心病狂地把他们绑在树棍上，放在山芋窖口活活烧死。

那天风沙很大，团部驻地正处在风头上，以致枪声听不到，烟火望不见。直到一个村干部找到团部，报告了情况，首长才知道二连遭到日、伪军偷袭的事。团首长当即率二营和警卫连跑步增援大胡庄。当鬼子发现我军兵分两路向其包围和攻击时，丢下一批尸体，仓皇向涟水城逃窜。

当天，我二十四团政治处主任李少元同志带着政治处工作人员，在地方政府和群众的协助下打扫战场，竟没有发现勇士们一具完整的遗体，连长晋志云的遗体已无法辨认，副营长巩殿坤全身烧焦，只剩下一只穿着鞋子的脚尚可辨认。

人们噙着泪水，强压着心头的怒火，一个个地清点着：全连除负重伤躺卧在烈士遗体下边的一排二班战士刘本诚幸存外，在阵地上留下了82位勇士的忠骸。战后，通过我地下工作人员了解到，敌人在这次战斗中伤亡达百余人。

英勇的二连指战员们，以压倒一切敌人的气概，沉重地打击了侵略者，为中华民族的解放流尽最后一滴血。他们气吞山河的浩然正气和视死如归的大无畏精神永垂青史！

# 盐阜反"扫荡"[*]

叶 飞

　　1941 年夏秋，日军对我方苏北地区进行了一场大规模的"扫荡"。7 月上旬，日军独立第十二混成旅团集中于东台、兴化、射阳一线。其总兵力为日军 7000 余人，伪军 1 万余人。日军独立第十二混成旅团无联队建制，直辖 5 个大队和 1 个特种兵大队。这支日军，是我新四军与之在苏南、苏中地区交战达四年之久的老对头，与我军作战经验丰富，武器装备精良。旅团部驻于泰州城。旅团长南部襄吉出任前线指挥官，倾巢出犯，兵分四路，东台一路，兴化一路，射阳一路，陈家洋一路，自 7 月 18 日开始向盐城猛扑，南北对进，分进合击。

　　新四军军部下达的作战部署是：第三师坚持盐阜区，相机歼敌；第一师二旅在盐城以南阻击由东台北犯之敌；第一

---

　　* 本文原标题为《攻其必救》，收录时做了适当修改。

师其余主力在苏中地区利用适当时机，发动攻势，广泛开展游击战争，牵制敌军，策应盐阜区反"扫荡"。恶战于7月18日开始，日军进攻矛头直指我新四军军部，敌军利用夏季河港水涨汽艇易于行驶之便，以百余艘装甲汽艇往来冲击，并出动飞机助战。敌机低飞轰炸、扫射，使我军白昼难以调动兵力。我正面阻击部队以强有力的运动防御牵制敌军，迟滞敌军之进攻；我新四军军部于7月17日主动撤离盐城。20日敌占盐城，仅得空城。28日敌占阜宁，29日进袭东沟、益林。至此，敌之气焰达于最高峰。我新四军第三师主力，跳出包围圈，转移到敌之侧翼，相机歼敌。而与此同时，国民党顽固派韩德勤，竟出动部队，猛攻我益林阵地，陷我军于腹背受击之危境。我军两面应战，增加了反"扫荡"作战之困难。

正当日军南部旅团倾巢大举向我盐阜区"扫荡"、直攻我新四军军部之际，南部旅团后方泰州、泰兴兵力空虚。活动于苏中三分区的新四军第一师一旅为配合盐阜区反"扫荡"，集中兵力，主动在泰州、泰兴地区发起进攻，首先围攻分区腹地的古溪敌伪据点。古溪驻有伪第一集团军李长江部二十三师副师长陈才福率领的一个团。古溪战斗是在敌人深沟高垒、设防坚固的条件下实施强攻的。我军指战员在"保卫新四军军部"，"粉碎敌人大'扫荡'"的口号鼓动下，如猛虎下山，个个奋勇当先，经过彻夜激战，古溪之敌全部肃清，古溪遂克，歼敌两个营。只有据守在古溪近旁西寺庙之敌团部和直属队尚待解决，这是一座独立的、砖石结构的大庙，围着一条河，水深河宽。四周敌人碉堡里的轻重机枪，组成炽烈的火网，我军无重炮，只能用迫击炮平射，虽也摧毁一些碉堡，但无法涉水强攻。鏖战直至黎明。西寺庙之守敌经我军一夜猛烈攻击，早已丧魂失魄，拂晓时，弃守西寺庙狼狈逃窜，沿途疲于奔命，溃不成军。此时正是夏收过后，配合我军作战、预伏于路旁粮垛中的民兵部队一拥而出，协同我军追杀残敌，我军俘获甚多，敌副团长在逃命时落水毙命，古溪遂完全为我军所占领。

攻克古溪后，我军即乘胜扩大战果，进攻黄桥，日军闻讯逃回泰兴县城。我军收复黄桥重镇后，乘胜包围泰兴城，横扫三分区境内各敌伪据点。敌伪军闻风丧胆，我军乘胜收复季家市、加力、马塘、孤山、石庄等敌伪据点。处于长江之滨的伪军重要据点天生桥，亦为我泰兴独立团奔袭攻克，威逼长江敌交通线，至此，三分区内日伪据点大部分被我占领。我一旅主力包围了泰兴城，占领其四关。泰兴城敌伪向南部告急，但南部旅团仍继续"扫荡"我盐阜地区，不为我军在三分区发动之攻势所调动。我军除仍继续包围泰兴城外，即向南部旅团部所在地泰州城进攻。至此，南部旅团才由盐阜区南撤，回援泰州。

南部旅团由盐阜区南撤回援泰州，进攻南线我三分区部队。我军调动敌人目的已达到，即撤泰州、泰兴城之围，向三分区腹地古溪、营溪地区隐蔽集结，待机应敌。南部旅团由泰州出发向东"扫荡",企图寻我军主力决战。我军待南部旅团东进至古溪、营溪附近,于夜间以急行军向西,转至敌背后,又将泰兴、黄桥之间敌据点姚家岱攻克,全歼守敌。南部旅团闻讯,又急于从东向西追击我军。我军待敌迫近,又于夜间由姚家岱急行军向南,经靖江地区,东返我根据地腹地南部集结。南部旅团两次扑空,疲于奔命,只得放弃追击我军,开回老巢泰州城。至此,南部旅团由盐阜区南撤,转移兵力追歼我三分区主力之企图成为泡影。

此次敌对盐阜区的大"扫荡",自7月18日起,至8月20日历时一个月零两天,以我军之胜利、敌军之失败而告终。

9月17日,新华通讯社发表新四军发言人《关于苏北反"扫荡"》的谈话。发言人说,此次苏北反"扫荡",由于我军南线发动凌厉攻势,迫敌南调,我军北线部队乘机大举反攻,收复阜宁,攻克东沟。8月7日,五路反攻盐城地区,收复湖垛、大中集、上同诸镇。使敌得之于北而失之于南。转瞬之间,得之于北者,亦不能全部保持。敌向我盐阜区"扫荡"之主动权完全丧失。

此次反"扫荡"(包括北线、南线)我军与敌作战135次,毙、伤、俘敌伪军3873人(其中包括日军伤亡1100人,生俘日官兵15人,伪军官兵1074人),击沉敌汽艇13艘,缴获平射炮2门、轻重机枪25挺、步枪3324支、子弹2万余发。敌我伤亡为4:1,缴获消耗为10:1。

# 大桥战役

吴华夺

1941 年初冬，日军、伪军和桂顽四面围攻我淮南津浦路西地区。当时路西地区仅有六旅和四旅十二团、五旅十三团及一些地方武装。敌情非常严重，这压力主要来自桂顽，他们先由一七一师附第八、十游击纵队，趁我路西地区的部队分头迎击日、伪军，南翼兵力单薄之时，采取稳打稳扎的"滚筒战术"，一步一步向北"拱"。截至10 月中旬，我路西地区南部竟被他们蚕食去 100 余座村镇。

当时华中敌后分路进犯新四军的顽军总兵力有 20 万人，从战斗力与态势看，最难对付的是桂顽。如果能在这个方向击破桂顽，他们那 20 万大军都会闻风丧胆，华中与山东形势将会转危为安。

我们四旅十一团这时还驻在路东中心区的古城镇，情况都是从师部"通报"中知道的。我那时任团长，蔡炳臣同志任政委，副团长张宜爱，参谋长文盛森，政治处主任李清泉。我们几个人也常在一起议论，都认为上级会集中强大力量击败桂顽的，我们也都想参加这一光荣之战。在师机关派人下来检查工作时，我们提出了自己的要求。

不久，师里来了通知，要我团立刻去路西参战，准备打大桥。

随后师部情报科又一次书面通报说，窜踞大桥之桂顽五一一团第一营，约600人，营长韦刚；土顽定远县县长兰荣甫带武装和行政官吏100余人，一个县警卫中队加县常备大队共400人，连同韦营总兵力1100多人。他们已在大桥驻守月余，工事做得相当坚固。

时间紧迫，我们团于11月13日出发，边行军边动员。大桥这地方，我们都熟悉，它是定远县南境的一个中等乡镇，紧挨着池河东岸，从池河岔出一条支流沿西街而过，两边环水，支流上有两座老式石桥，这就是大桥镇子得名的由来。桥北叫大街，约有300户人家；桥南叫小街，约20户人家。1939年下半年至1940年4月这里曾是我江北指挥部驻地，1941年10月被国民党顽军占领。

我们长途行军近200里，于11月15日中午进到大桥镇东北20华里的永宁集、泗州庙一带宿营，当地模范队（区、乡武装）为我们担任警戒，严密封锁消息。吃罢饭我就带领营、连长潜至大桥附近看地形，现场分派任务。桂顽工事的确做得严密，大小两街都筑成了独立土城，墙高2米多，厚达17米，墙上有数不清的射孔，还有许多明碉暗堡；墙外有护城壕，深约3米，宽达5米，壕外还有一圈扎得很严实的鹿寨加一圈铁丝网。韦营驻大街，土顽武装驻小街，街里还布置了许多火力点，交通壕纵横交织；韦营纯是广西兵，非常野蛮。兰荣甫土顽多为地痞流氓，也具有相当战斗力。

面对这样的强硬对手，怎样摧毁它？

当晚8点我和蔡政委到旅部驻地太平集参加作战会议，到会的有六旅旅长谭希林，路西联防司令郑抱真，政委兼地委书记黄岩；四旅旅长梁从学，政委王集成；二团团长谭知耕，政委余明；十三团团长林英坚，政委祝世凤；十六团团长张翼翔，政委肖学林。为了统一指挥大桥战役，师首长决定以谭希林、王集成、黄岩、梁从学、郑抱真五同志组成野战司令部，谭希林为司令，梁从学与郑抱真为副司令，王集成为政委，黄岩为副政委。任务划分：十一团攻坚，十六团打援，十三团位于赫郎庙一带防守并相机参战，十二团为战役预备队，十七团和定远独立团于战场北翼监视定远城等地日、伪军，十八团为战场西南侧保障部队。至此，我们才知道这次战役就是我们一家攻坚，另4个主力团和5个县总队都是战役保障部队，且要求16日夜一定要打响。

梁旅长解释说："这是为了出其不意，打他们个措手不及。桂顽精得很，我们能及时掌握他们的情况，他们也会侦察我们的情况，路西这几个主力团，人家有暗探盯着，所以我们叫各团离大桥远一些。你们从路东来，隔一天就干他，韦刚不会想到。当然，准备工作紧张一些，那总比提前惊动顽军好。我们都相信你们团能砸碎韦营这个'乌龟壳'。"

"师首长是经过慎重考虑，才确定由你们团执行攻坚任务的。"谭旅长接上说，"但是桂顽也长于夜战，你们一定要行动坚决，力争17日白天解决战斗。要是拖到天黑，整个战役计划就有流产的危险。这一点，你们一定要对大家讲清楚。"

我和蔡政委回到驻地就连夜召开营以上干部会，传达任务，研究作战方案，一直忙到鸡叫两遍才散会。

第二天早晨，王集成政委来我们团动员讲话。他提出，用我们这把"铁锤子"，砸烂韦营"乌龟壳"，并郑重地说："师首长有考虑，哪个团攻下大桥，就给他'铁锤子团'光荣称号！"

我们紧紧张张地忙了一天，全团800多名参战人员带上数百名模范队员悄悄出发了。晚上11点前包围了大桥，一营和团突击队在南，二营在北，三营七、八连在西，同时进入战斗位置。晚上11点30分，我军三面同时发起攻击，团突击队率先攻入南小街，一营主力跟进，战至后半夜1点，即全部肃清了土顽，活捉了伪县长兰荣甫。二营也扫除了大街北侧小据点多处，歼韦营一个多排。三营进到大街西侧未能打下顽军地堡群，前进受阻。

直到这时，桂顽营长韦刚才醒悟到新四军来头不小，当即北守南攻，以火力掩护，放出许多小群兵力，多箭头多层次地指向我一营，意在夺回小街。我们依托小街北城墙，就地抗击，以火力和近战拼搏，大量杀伤他们的有生力量。就这样，在大小两街之间，往返冲杀，小的冲打数不清，较大规模的逆袭与反逆袭打了三个"回合"。拂晓时桂顽第三次大型反扑被击退，团突击队与一连冒着敌火力跟踪追击，从顽军反扑出口突进大街，占据一角，一营相继跟进，继续进攻。

二营在北面多次攻击，只攻到城壕，未能攻入土城，与顽军形成对峙。一营主力与团突击队依托突破口，攻击前进。桂顽利用堑壕和各类火力点，大小群相结合，迂回反击，正面顽抗。

战斗一直打到午前11点，南、西、北三面均无突破性进展。我们有些伤亡，桂顽气焰没被压下去，战斗呈胶着态势。我们乃令三个营都停止攻击，召开战场"献计会"，调整组织，重新动员。这时野战司令部也电询战况，问我们需支援否。我们早已下定决心，在午后全歼韦营，不到万不得已时，不能动用上级机动部队，防止战场情况突变；我当即向旅长表了决心，也报告了自己新的布置。随后团指挥所移至南小街，以利于现场指挥。

午后1点30分，我们再次发起猛攻，仍以南面为主要突击方向。团突击队和一、三连，以原态势攻击前进，诱使顽军全力应付他们；二营展开正面进攻，牵制和分散顽军力量；三营主力调整了战斗组织，以火力掩护，连长王德山与胡排长用排子手榴弹炸开顽军中心炮楼，消灭了地堡群，进逼土城；同时八连在西、二连在东南角都开始冲击。激战约半小时，我军已多处攻入土城。

至此，韦营已是四面受攻了，但他们自恃弹药充足、能打，还用大量小群动作，分头反扑。我们把缴获的武器都用上了，火力占压倒性优势，韦营已有相当伤亡，还在困兽般地顽抗。战斗虽有所进展，但却极为残酷激烈，还是在逐屋争夺，你死我活地拼杀着。

下午2点，刮起了西南风，三营乘机纵火焚烧，大火迅速蔓延于全镇，桂顽锐气顿挫，狂奔乱跑。我们各营、连大胆穿插，将韦营分割成许多块，全以大刀砍杀，杀得残顽纷纷朝营部退缩。韦刚慌了手脚，紧急召集连长开会，准备突围。刚开会，会址即被我军掷弹筒弹连中两发，连、排长们非死即伤，于是残顽阵脚大乱，遂以4挺机枪开路，仅剩的200余人向北突围。他们突出街外，即为我七连与众多模范队切断围歼。但是韦营委实顽固，已到绝望时刻，仍能各自为战。

战斗结束于下午3点10分。

大桥之战是十一团战史上一次残酷激烈的胜利攻坚战，共毙顽军300余人，俘800余人。我们虽然也付出一些代价，但全团始终斗志高昂，以我们的英雄气概压倒了对方。

几天后，罗炳辉师长来路西召开"大桥战役祝捷大会"，宣布授予我们团"铁锤子团"光荣称号，授锦旗一面。

# 塘马战斗

欧阳惠林

塘马村位于溧阳县城西北，与竹箦桥相距十余里。在抗日战争时期，这一带通称为溧阳地区，是新四军东进苏南敌后，最早开辟的抗日根据地之一，曾一度成为苏南新四军的指挥中心。

1940 年 6 月，国民党第四十师和挺进军第二纵队武力进逼溧阳地区。我新四军江南指挥部以团结抗日大局为重，忍让撤出水西村，转移到茅山敌后行动。这一地区曾一度被国民党所控制。同年 12 月，新四军第二支队奉令接应新四军军部及皖南部队经苏南转移去苏北，又一度回到竹箦桥地区行动。皖南事变发生后，国民党第四十师重新进驻上兴埠、竹箦桥、后周、绸缪、璧桥一线。

1941 年 5 月初，新四军第二支队改编为新四军第六师第十六旅，派遣第四十六团由太福地区回师溧阳。中旬，第十六旅旅部也转移到溧阳地区，当时有谭震林师长同行。下旬，国民党第四十师企图趁我军立足未稳之际，调集 7 个营的兵力，从 5 月 21 日到 24 日的四天中，对第十六旅旅部宿营地黄金山发动三次大规模的进攻。我军被迫自卫，在谭震林师长坐镇指挥下，罗忠毅旅长率部奋战，将来犯之顽军击溃，取得了黄金山反顽战斗的三战三捷，迫使顽军后撤到上沛埠、南渡、溧阳城、璧桥一线。我军收复了溧阳地区的全部阵地，这一地区再次成为苏南新四军的指挥中心。

在黄金山反顽战斗三战三捷以后，我军以溧阳地区为基地，回师茅山，1941 年七八月间一连拔除 28 个日伪据点；9 月西进溧水，打下官塘据点；继而进入江（宁）句（容）地区，给日寇以一连串的沉重打击，收复了皖南事变后被日寇侵占的全部地区，并向边区发展，直接威胁南京日伪老巢。

当时，日寇正集中力量在苏南东路地区"清乡"，又准备抽兵发动太平洋侵略战争，其兵力更显不足。日军一时无力重建被我军摧毁的据点，小股日军又不敢下乡"扫荡"，于是，改变战术，采取集中优势兵力，专门寻找我军指挥机关和主力部队，用奔袭合围的办法，企图达到一举消灭我军的目的。

11 月 28 日凌晨，日伪军步骑炮联合兵种 3000 余人，由天王寺据点出发，经京杭国道和大山口，进入我中心地区后分三路从西北、东北、西南三个方向，奔袭我第十六旅旅部宿营地塘马村。

塘马战斗的前一天，即 27 日，我们已获得情报，据称敌人在天王寺、薛埠、金坛城增兵，在天王寺据点，还调来大批骑兵、大炮，并有几辆坦克。当天晚上，我到罗旅长住处，问他情况如何，旅部做何打算。罗旅长见我来到，像往常一样，从容不迫，亲切微笑着，对我说："敌人增兵的情况是有的，但敌人'扫荡'的意图是针对我们溧水地区或溧阳地区，还是针对国民党地区，还未查明。从敌人调集骑兵、大炮、坦克这一点来说，似乎向国民党地区进攻的可能性大些。"罗旅长接着又谈到，旅部本来打算向溧水地区移动一下，后来考虑到：一则溧水地区刚刚恢复，活动范围还不大，已有第四十六团在那里，如果旅部再移去，过分集中，万一敌人是"扫荡"溧水地区，那就正中了敌人的下怀。二则这天雨后路滑，黑夜行军困难，怕机关人员拖得疲劳。一周以前，有过两次情报，都说天王寺据点增兵，扬言"扫荡"溧阳地区。旅部两次西移溧水地区，结果敌人没有出动。三则集聚在溧阳地区的机关部队较多，第四十七团一个营在这里整训，第四十八团一个营刚由太湖地区撤来，苏南第五、六行政专员公署和苏南第五、六保安司令部正在合并为苏南行政专员公署和苏南保安司令部，进行人事调整与整编集训。此外，还有被服厂、医疗队等后方单位，一时不易疏散转移，旅部不能丢下不问。当晚，罗旅长决定继续派人查明情况，仍在原地宿营，加强警戒岗哨，提前吃早饭，做好战斗准备。

11月28日，天蒙蒙亮，我刚吃完早饭，我的警卫员叶根茂来告诉我，说旅部通知，西北方向发现敌情，要机关立即集合，做好转移准备。不到3分钟，就听到西北方向有稀疏的枪声。接着，罗忠毅旅长、廖海涛政委先后来到塘马村西头祠堂前的空坪上，用望远镜向西观察敌情。当时，苏皖区党委机关就驻在祠堂及其周围人家，我看到罗忠毅旅长、廖海涛政委来了，就前去同他俩站在一起向西观察。罗旅长告诉我，侦察员回来报告，西北方向发现敌人，正在向南运动，刚才的枪声就是驻扎在西北方向的部队发出的报警信号。正说着，已从望远镜里看到西边敌人的先头部队已越过竹箦桥，向后周方面迂回前进。这时，西边的敌人向塘马村方向开了一炮，四周枪声大作。罗旅长立即下令：要担任向竹箦桥、后周方向警戒的部队，坚决阻击敌人前进，掩护旅部机关转移，旅部机关立即向东长荡湖方向撤退。而罗旅长和廖政委都留在原地继续监测敌人行动。当我和苏皖区党委机关跟在第十六旅司令部、政治部的后面撤出，走到塘马村东头的小石桥上时，回头望见罗旅长、廖政委开始从祠堂空坪上向东移动，距离我们不过三四百米。这时，战斗已十分激烈，密集的枪声由西面和南面渐向塘马村移近。北面之敌亦由大家庄向东南方向压来，与越过后周向东迂回之敌逐渐形成合围。罗旅长、廖政委一面指挥部队向东收缩后撤，一面亲率旅特务连参战，拼死阻击敌人，掩护旅部机关转移。当时敌人运动进展迅速，罗旅长、廖政委率部突围，终因敌人强大火力封锁，被四面包围在离塘马村三里的王家庄与茅棚村两地。

这时，旅部机关已撤出敌人火力封锁圈外，继续向长荡湖方向的金坛县境内行进。上午11点左右，我们撤到清水渎圩区。这里离塘马村有20里，仍能隐约听到西边的枪炮声，直到中午，枪炮声才逐渐稀疏停止。

随后，苏南行政专员公署、苏南保安司令部、溧阳县政府及其他后方机关陆续撤到清水渎，一些参战部队突围出来也先后赶到。但是，罗旅长、廖政委仍然身陷重围，吉凶未卜，大家都很焦虑。我们派人到作战周围村庄打听罗旅长、廖政委的消息，又责成溧阳县政府、溧阳县委通过区乡政府和本地党员关系设法联系找到罗旅长、廖政委。我们研究了旅部机关下步的行动计划。清水渎圩区是开阔地，北离指前标伪据点不远，东靠近长荡湖，湖上已出现敌人巡逻汽艇，当时集结在清水渎圩区的旅部和地方党政机关人员已达1000余人，但缺少足够数量的战斗部队。大家商量一致的意见：机关务必隐蔽，绝不能暴露，要同心协力，力保安全，加强对戴家桥方向的警戒，只要坚持到天黑转移就是胜利。

戴家桥离清水渎正西二三里，有一条大河，河上有座木桥，由组织科科长王直负责组织撤出的部队守卫这座木桥。我们的守卫部队隐蔽在桥的东岸，监视西岸敌人的行动。午后，发现小股日军由西向东移近，在相距七八百米的圩堤上停下来观望，幸好未发现旅部机关的目标，只是同我守卫部队互相射击了一阵，旋即离去。下午4点左右，侦察员回来报告，说大队敌人已由后周沿大路向璧桥开去；还有一部分敌人仍留在王家庄、茅棚村周围的村庄，收容伤亡。晚上八九点钟，旅部和地方各机关分路行军北移，插入金坛、句容边境山区。我随同旅部机关这一路，在原参谋长王胜的率领下，经张村向西北方向行进。当我们刚走到张村村口，听到村头有人呱呱地叫，黑夜看不清，王胜误以为是宣教科科长许彧或青。因呱呱之声与许彧青的福建口音相似。王胜正喊着："老许，老许，你在哪里？"对方"啪"的一枪打来，正中王胜的警卫员的棉衣肩上。王胜发觉遇到敌情，立即掉头绕过张村东头，从罗村坝伪据点和黄金山之间撤到青龙洞附近山区宿营。在移营前，张村本没有敌人。敌人在王家庄、茅棚村一带打扫战场后，临时留下一部分在张村、玉华山一带驻下，以防我军袭击。29日，我们留下苏南保安司令部一个连插回塘马地区，以配合溧阳县政府、竹箦桥区政府行动，打扫战场，慰抚群众，处理一切有关战后事务。当晚，旅部机关向西移到溧水地区，与第四十六团会合。

塘马战斗结束后，我们了解清楚：罗旅长、廖政委从塘马村撤出，转移到王家庄时，陷入重围。罗旅长在王家庄东南角池塘边，与敌展开血战，不幸遭到敌密集火力的射击，身负重伤，但仍英勇地指挥战斗，高呼："同志们，冲出去！"他的警卫员看到罗旅长头部中弹的情景，不禁哭了起来。罗旅长依然镇静地说："哭什么，你快去杀敌，拿我的文件包冲出去！"旋即壮烈牺牲。在罗旅长牺牲后，廖政委一路冲杀到王家庄东边约一里的茅棚村。当敌人接近时，廖政委向战士们高呼："坚决消灭敌人，为罗旅长报仇！"捡起身边一位已牺牲的战士手中的轻机枪，瞄准敌人扫射，压制住了敌人。当他依托在一个草堆旁射击时，不幸腹部中弹，但仍坚持战斗。旁边屋里一位老太太见到廖政委负伤，鲜血外流，把他背进屋里包扎，终因流血过多，也壮烈殉国了。罗旅长、廖政委身先士卒，英勇牺牲，更激起了战士们勇猛杀敌的怒火，激烈的战斗持续到中午，给敌寇以重大杀伤。据当地群众目击者说，敌人伤亡达三四百人。当天下午，敌人强拉民夫抬运被我军击毙的日军尸体，仅璧桥据点就有七八十具。

塘马战斗，是苏南新四军抗击日寇"扫荡"的一次重大战斗。在鏖战中，罗忠毅旅长、廖海涛政委不幸壮烈殉国，随同参战的指战员伤亡亦达 270 余人。他们英勇无畏、不怕牺牲的革命精神，写下了苏南敌后抗日斗争史上的光荣悲壮的一页。

# 血战朱家岗

罗应怀

1942 年 11 月 15 日，日军精锐部队平林十七师团的清水旅团 1000 多人踏进了我淮北根据地。他们以步兵、骑兵、快速摩托部队和坦克混合编队，在飞机掩护下，多路推进，严密搜索，企图寻歼我军主力。

在内线作战中，我九旅二十六团紧紧地依靠根据地人民，实行"敌进我退，敌驻我扰，敌疲我打，敌退我追"的游击战术，和敌人周旋了 20 多天。平林师团这头"野牛"，到处扑空，处处挨打，已经疲于奔命，力不从心了。为了给敌人更大的打击，我团于 12 月 7 日强袭青阳镇，激战三个小时，在杀伤大量敌人之后，我们撤了出来。这一仗像挖了平林的心，急得他恼羞成怒，像一个快要输光的赌徒，拼凑老本，千方百计地寻找我团决战。12 月 8 日，我们接到韦国清旅长、康志强政委的命令：10 日晚配合外线主力拔除日军金锁镇据点。这就是说，外线主力打回来了，这把钢刀已磨得锋利，要砍它的后腿，掏它的心脏了。这是多么鼓舞人心的命令！

9 日黄昏，我团到达朱家岗后，我和谢锡玉政委带参谋人员观察地形。朱家岗东临洪泽湖，西靠安河，是淮北根据地的腹地。它是一个东西走向的稍高于平原的岗子，上面坐落着曹圩、张庄、孙岗等几个自然村，除了南北各有一条抗日交通沟外，都是一望无际的开阔地。这里离金锁镇只有 12 里路，部队一个急行军就能赶到。部队在朱家岗宿营后，我们立即为 10 日晚攻击金锁镇的战斗做准备工作。部队忙着准备攻坚器材，团部连夜召开了连以上干部会议，对如何消灭金锁镇的敌人进行具体部署。当各营、连干部返回驻地休息时，已是凌晨 1 点钟了。

朱家岗沉睡了。狡猾的日军金子联队三个大队加上少量伪军共 1500 多人，正偷偷地从青阳镇、归仁集、金锁镇兵分三路，把魔爪伸向朱家岗，伸向我二十六团。10 日拂晓前，一声尖厉的枪声把我们从梦中惊醒。这时，驻孙岗一连的一个同志，一头撞进来报告："团长，鬼子包围了孙岗！现在正分两路向曹圩、张庄逼近。"

"敌人有多少？"我急忙问他。

"看不清，到处都有脚步声和马叫声，看样子敌人很多。我们是冲出来的。"

作战参谋潘隆昌也报告："西南、西边敌人已经接近。"

"迅速查明情况，进入阵地加固工事！"

我和严光副团长一面观察情况，一面将二营调至曹圩待命，并令三营以一个连的兵力坚守朱家岗，挡住南边的敌人，一个连向北侧击包围孙岗之敌，一营二连由岗北交通沟向一连增援。凌晨 5 点 40 分，东、西、南、北四面枪响。枪声告诉我们：朱家岗被敌人包围了。

走，还是打？走，会有什么结果？打，将会出现什么局面？我坚定地提出了"坚守阵地，战到天黑，等待援军，待机歼敌"的主张，意见很快得到了统一。团领导的决心，迅速下达到营、连，全团的战斗部队立即展开了，一场空前激烈的守备战，在辽阔富饶的淮北大平原上，在洪泽湖畔打响了。

紧张、残酷的阵地争夺战，首先在曹圩北面的交通沟东西两端激烈地展开。孙岗敌情发生后，一营李营长立即命令二连迅速占领北面交通沟。二连在强袭青阳南小街战斗中是主力连，伤亡较大，全连只剩 60 余人。为保存二连战斗骨干，我们命令五连一排接替二连坚守交通沟西端的任务，将二连移至西小庄二线阵地待命。五连一排长王康，这个刚满 20 岁的青年，操着浓重的灌南口音，身材小巧，性格活泼，每战临阵，总是一听枪声就精神百倍，作战十分机警顽强。

上午 8 点左右，日军一个小队再次组织冲击。王康运用诱敌之计，让两名战士隐蔽在交通沟西端的横垛下，将成束的手榴弹盖全部打开，他率领其余战士稍做抵抗，便向后撤。敌人蜂拥冲来，隐蔽在交通沟横垛上的战士突然向敌群掷手榴弹，炸得敌人血肉横飞，抱头乱窜。王康乘势率全排反击，歼敌小队大部，残敌狼狈退回孙岗。不多久，十余个伪军带着日军又向交通沟冲来。王康拔出大刀，往沟崖上一插，喊道："不怕死的，上来吧!"敌人是怕手榴弹呢，还是看到在阳光下灿灿闪光的刀锋胆寒了呢？他们又退了回去，集中全力转向交通沟东端冲去。

交通沟东端离曹圩只有十多米远，在我军遭合击后不久，日军已摸清曹圩是我团指挥机关的驻地，便集中优势兵力，企图占领我交通沟东端阵地。此阵地若被敌突破，曹圩就要受到东、南、北三路夹攻，出现非常险恶的局面。为了加强交通沟东端的防御，我亲自上了阵地。二营赵副营长抹了把硝烟熏黑的脸，刚想向我报告情况，敌人又开始顺着东北交通沟向我军进攻了。五连二排排长王洪儒率四、五、六班，用大刀、手榴弹与敌军展开了拉锯战。上午 10 点多钟，一颗敌弹击伤我的右腿，骨折的剧烈疼痛使我头晕目眩，鲜血浸透了棉裤。当我清醒过来的时候，严副团长告诉我，交通沟东端曾一度被敌人突破。在这危急情况下，王康同志率领五连一排一个班赶来增援，机枪手余忠献用准确的点射，把十多个日本兵送上了西天。经过 5 个小时的激战，100 余名日军对付我们一个排 20 余名战士，付出了巨大的代价，却未能进占我方一寸阵地。敌人对自己的失败是不甘心的，交通沟东端的日军又在集结兵力；这时，从界头集又赶来了一路日军增援。

为了加强交通沟东端的防御,我们商量,把二连再拉上去。二连连长孙存余是1939年入伍的,我把他叫到面前,告诉他这项任务的重大意义。孙连长豪迈地说:"请团长放心,人在阵地在,只要我孙存余还有一口气,鬼子就休想在我面前前进一步!"进入阵地后,孙连长带的一个加强班和五连二排、一排一班的同志一起杀退了敌人三次冲击。班长程明宽、副班长娄芝信、战士米炳开都是特等射手,他们弹无虚发,每人都打死了五六个日军。

后来,敌人采用毒辣的一手,挑选特等射手,占领离交通沟80米处的独立房顶,向我交通沟内战士射击,使我伤亡了六七个战士。孙连长发现这个情况后,气得直咬牙,骂道:"好毒啊!正面攻不上来,爬到屋顶上!朝我们打冷枪。好吧,让你尝尝老子的枪法!"他从娄芝信同志手中接过三八式步枪,把满腔仇恨都凝聚在枪口上,瞄准了敌人,"砰"的一声,敌射手从屋顶上滚了下来。再上去一个又被他打下来。三发都中,消灭了三名日军,敌人见此计不成,不得不故技重施,一个军曹挑着日本旗,日军小队长挥舞着王八盒子,赶着20多个日本兵嗷嗷乱叫着冲了上来。孙连长只剩下一发子弹了,他对同志们说:"把手榴弹盖子全部打开,准备大刀!听见我枪声一响,就杀他个人仰马翻!"子弹"嗖嗖"地在头顶上飞过,炮弹弹片不时地落在身边,战士们双眼盯着眼前的敌人,50米、40米、30米……"砰!"孙连长的枪声响了,日军小队长惨叫一声,倒在地上，回了东洋。20 多个日本兵还没有来得及后退，一阵劈头盖脸的手榴弹就在他们中间爆炸了。浓烟未散，孙连长带领战士们挥舞大刀冲入敌群，左砍右劈，20 多个敌人全部被歼灭。

交通沟东端阵地，二连和日军争夺得十分激烈。我放心不下，派一营教导员吴承祖同志到那里去组织指挥。他向战士们报告了四连坚守东南圩门大量杀伤敌人的胜利消息，二连的同志听了，受到极大鼓舞。大家向教导员保证："誓死守住阵地！"这位当过小学校长的政工干部，在战场上表现得那样沉着冷静。战士们十分爱护自己的营首长，多次催促他离开危险地带。吴承祖同志安排好后，沿着交通沟从二连阵地返回。当他在营指挥所向我报告情况时，一颗敌弹穿透了他的胸膛，他就在我的身边倒了下去，为革命事业流尽了最后一滴血。

中午 12 点 15 分，恼羞成怒的日本侵略者一口气向交通沟内发射了几百发炮弹，并发起了多次轮番进攻。曹圩北面烟雾弥漫，弹片横飞，战士们遍身泥土，满面烟痕，前仆后继，奋勇冲杀，一次又一次挫败了敌人的进攻。英勇的二连孙连长带着一个班依托路沟中的横垛，用大刀、手榴弹和敌人激战三个小时，最后只剩下他和副班长娄芝信、战士米炳开三位同志了。

敌人成群结队地往上拥。娄芝信眼睛都气红了，头上的血渗透了绷带，流到了脸上。他大声说："连长，把驳壳枪给我!"孙连长看了驳壳枪说:"和你的一样,枪膛里空了。"娄芝信"唰"地从背后抽出大刀,说:"连长,要死我们死在一块!"说着就往上冲,还没有爬上沟崖就跌了下来,娄芝信同志牺牲了。

"只要有我们在,决不后退一步!"已经多处负伤的孙连长向唯一的战友米炳开再次进行战斗动员。

一营通信员小李腿被打断了,他爬着回来,向我们报告了上述情况。

"增援!一定要增援孙存余!"怒火在我胸膛燃烧,我命令二连三排排长王学如、班长程明宽和一名战士,共带两排子弹、两枚手榴弹去增援东北角的孙连长阵地。于是,一次又一次殊死的争夺战,又在曹圩东北角交通沟打响了。

更激烈、更残酷的战斗,同时也在张庄大院进行着。张庄大院紧挨着曹圩,原是一营营部驻地。战斗打响后,我们发现敌人进攻张庄,便命令五连副连长戴春涛带三排去一营营部换防。刚进入阵地,敌人就开始进攻了,戴副连长命令战士们把手榴弹准备好,沉着应战。他说:"今天的战斗不同往常,打的是防御战,战斗时间长短不由我们来决定,必须节约子弹,敌人不到跟前不打,瞄不准不打,无命令不打。"戴副连长刚说完,100多个日军已冲到阵地前。这些家伙犹豫了一下,见院内没有动静,就放着胆子像疯狗一样,一窝蜂似的向大院冲来。离院墙只有几米远了,戴副连长命令:"手榴弹,打!"一堆手榴弹飞向敌群,随着不断的爆炸声，敌人惊呼着、呻吟着，横七竖八倒了十多个，没死的掉头就跑。看到日军溃退，戴副连长又命令："机枪，打！"早已愤怒的机枪张嘴了，子弹像一阵疾风扫过，二三十个敌人像稻草垛子似的纷纷倒了下去。

上午8点30分，日军开始用猛烈的炮火轰击张庄大院。一时间硝烟弥漫，弹片乱飞，坚实的院门被炸成无数碎片，抛到空中，又跌落下来，围墙一段被炸平了。日军凭借强烈炮火的掩护又发起了第二次冲锋，30多个日军一步一步地逼近了张庄大院，大院里没有一点动静，不知为什么，他们不敢像上次那样疯狗般地往里拥，一步迈不出四指地。离大院门口还有几步远，手榴弹又一阵阵地从围墙内飞了出来，落在大群敌人中间。同时，一挺歪把子机枪从院内一家窗门上伸了出来，向蜂拥到大门口的一群日本兵，愤怒地吐出了火舌。

日军被迫拥向围墙的缺口处，其实在缺口两边早已戒备森严，戴副连长命令一个班的战士，拔出了大刀。当一个日本兵刚爬上缺口，就被我一名战士一刀把脑袋劈成两半。又有些敌人爬上来，我五连战士用刺刀挑，用大刀砍，用手榴弹砸。日军一看从缺口处突不进来，又挤向大门口。冲进大门的敌人，与守门的八班战士厮杀成一团，一片大刀和刺刀的撞击声。大门外的日军还是一个劲地往里冲，这时戴副连长带着九班从缺口外冲上来，一面用手榴弹炸退门外的敌人，一面用大刀砍杀冲进来的敌人。激烈的肉搏战持续了半个多小时，日军第二次冲锋又被打垮了。

第三次进攻敌人用火攻，大量的燃烧弹使院内房屋、柴草全部烧着了，整个张庄大院除了烈火就是浓烟。有的战士衣服被烧焦，脸上、手上、脚上被火焰烧起了鸡蛋大的燎泡。浓烟和烈火，遮住了战士们的视线，大家看不见墙外日军的行动。战士们个个被浓烟熏得喘不过气来，在这紧张的当口，戴副连长发现靠近地面的地方烟雾比较稀薄，他立刻命令全体战士趴下，说："我们不但要和鬼子拼到底，还要战胜烟和火。同志们赶快把大刀、手榴弹准备好，随时准备和冲上来的鬼子肉搏！"

浓烟渐渐地被寒风吹散了，战士们趴在地上，眼不离院外，他们发现离大院20多米的地方趴满了敌人，黄乎乎的一片，正向大院匍匐前进。一挺歪把子机枪架在场埂上，三个射手趴在那里，一动不动。戴副连长拿起一枚手榴弹，目测了一下距离，奋力向敌人的机枪处投去，"轰"的一声，敌射手连同机枪被炸翻了，同志们一跃而起，冲入敌群，挥动大刀，向敌人的头上砍去。

将敌人击退后，他们转移到张庄横街东巷，依托一个空院墙，誓与敌人决战到底！这时，五连三排只剩下刘炳珠等八名战士，而且弹药全部打光了，有的刺刀拼弯了，大刀砍豁了。戴副连长把八名战士召到一块，又一次做了战斗动员和作战部署，指定八班副小王负责指挥，他到团部汇报战况。

戴副连长来到团部，他的帽子、衣服被烧烂了，棉花裸露在外面。我问："西边情况怎么样？"

戴副连长说："很好，就是没有弹药，大刀也砍坏了。"

我说："快找一找，把所有的弹药都发给他们。"张营长四处寻找，只找到了四枚手榴弹，给了戴副连长。戴刚要出门，我又叫住他，担心地问："你们还能守多久？"

"请团长放心，人在阵地在！"一营李营长接着说，"我们都有这个决心。"

我说："流尽最后一滴血，也要与阵地共存亡！"

戴副连长听我说这个话，眼泪止不住流了出来，说："就是死，也决不让敌人讨一点便宜！罗团长，你还吃不透我戴春涛！"

我怎么能吃不透他呢？他是我二十六团出名的战斗英雄，5岁死了父亲，7岁给人家放牛，12岁当雇工。苦干一年，还不够吃两个月。找到共产党，才使他走上革命的道路。不久前，在曹庙战斗中，他们连长和一排战士被日军包围了，连队失去指挥。戴副连长当时是班长，他挺身而出说："我们选一个指挥吧。"同志们一致推选他，他也不推让，下达战斗命令后，自己带一个班，用大刀砍出一条血路，接应连长和被围同志突围出来。

我们有这样的指挥员，什么样的阵地守不住呢？

战斗结束后，同志们告诉我，戴副连长领回四枚手榴弹后，立刻在阵地上进行了战斗动员，一面加修工事，一面收集农具做武器，准备与敌人搏斗。工事尚未修好，敌人又从西巷冲过来，八名战士挥舞农具冲入敌群，戴副连长砍死日军一名小队长，吓得敌人抱头逃窜。敌人退后，又用燃烧弹攻。他们已有了与烈火做斗争的经验，隐蔽在墙角下，无一伤亡。最后十多个日军龟缩在西巷院墙内，企图在墙壁上挖枪眼向他们射击。戴副连长率八名战士隐蔽接近西小院，两人放火烧房，三人封着院门，三个投弹。等到敌人刚挖通一个小洞，他们就向洞内塞进一枚用长棍绑着的手榴弹。敌人跑到院内被我军手榴弹炸得无处藏身，院门又被封锁，只得逃回房内。房子燃烧了，倒塌了，十多个日军被我军全部歼灭。

金子联队先后集中了三个中队兵力，连续向我张庄阵地进行了 14 个小时的攻击。机枪、大炮、燃烧弹能炸平张庄大院，但却奈何不了我五连三排战士们那磐石一般的坚强决心。

战斗的焦点，自始至终集中在曹圩东南门阵地。曹圩是我团指挥机关的驻地，跟团部驻在一起的有二营营部和四连。曹圩和淮北的村庄一样，村外筑有土牙子，圩外有水壕，东南门外的水壕上有条便道，是出入曹圩的唯一通道。敌人疯狂到了极点，凭着兵力多、火力强，在猛攻曹圩东北交通沟、张庄和孙岗我军阵地的同时，集中了 150 余名日军，在机枪、山炮等火力掩护下，成群地沿着大场开阔地向圩门发起猛烈冲击，妄图从东南门突入曹圩，一举歼灭我二十六团。

　　坚守曹圩东南门阵地的是四连三排。在敌人尚未占领大场之前，我命令指导员田临才带数名战士涉过一人深的水壕，将大场上的草堆、车屋全部烧尽，扫清障碍，以免为敌人所利用。从早上6点至上午8点40分，我英勇的三排七、八班在排长耿立成指挥下，用机枪和步枪连续打退敌人三次冲击。战士曹金才沉着射击，弹无虚发，打死了六七个日军。

　　上午9点左右，敌人集中全部炮火向我东南门施以猛烈的攻击，而后，交替掩护，匍匐前进，占领了东南门外一片坟包、沟坎等所有能利用的地形。此时，大门已被炸毁，整个阵地围墙坍塌，弹坑累累，几乎所有工事都不能利用了。三排20余名战士，利用残豁的围墙和弹坑，用密集的手榴弹还击敌人。但日军不顾伤亡，仍纠集其残部疯狂向我东南门冲击。四连二排七、八班战士与敌展开了激烈的肉搏战，不少战士同敌人扭在一起壮烈牺牲。情况万分紧急，少量日军突击部队攻进了东南圩门。指挥战斗的二营营长张立业又负了伤。这里是二十六团的心脏，胜负得失，关系全局，在此千钧一发的关头，严光副团长指挥营属重机枪向冲进圩门的敌人发起狂风暴雨般的扫射，机枪手纪永春不顾弹片乱飞，孤枪射击。圩门内外日军死尸遍地，被打伤的敌人在地上打滚哭叫。我四连三排终于又夺回了圩门阵地。

　　当打退敌人第五次对东南圩门的冲击之后，我们团的几位领导分析了当前情况：我们困难，敌人更困难！我们有牺牲，敌人死亡更惨重！只要我们横下一条心，咬紧牙，坚持到底，最后的胜利必定属于我们。

严副团长乐观地说："我手里还有一个班的预备队，现在这块钢该用到刀刃上了。"

我脑子里顿时出现了四连九班里一群活蹦乱跳的"小鬼"们的形象，这些青年战士年纪只有十五六岁，同志们都亲切地称他们为"小鬼班"。精兵简政后，我们曾决定把他们送到后方去学文化，可他们死活不肯离开前线。以往，在行军、作战时，"小鬼班"是个"包袱"，现在，能成为我们这把钢刀上的利刃，成为一只铁拳，成为坚守东南门一根坚强的砥柱吗？他们还是第一次看到这样激烈的战斗，有的"小鬼"过去还哭过鼻子呢。

"小鬼班"迅速被集中起来了，他们穿着宽大不合身的棉袄、棉裤，腰间掖着手榴弹，手里紧握着大刀，整齐地站在烈火浓烟的圩子里。26岁的严副团长，左手紧握着一把染着敌人血污的大刀，说："小同志们，在这最困难最危险的时刻站出来吧！刺刀见血最英雄，杀敌立功最光荣！"

"谁怕死，谁狗熊！副团长，快布置任务吧！"

"我们一定能守住东南门，一定能打退鬼子！"

"小鬼"们个个坚强勇敢，他们的英勇气概无异于身经百战的老战士。我们深情地望着这些小战士们，内心无比激动。接着，将他们编成两个突击组，一个抢车组，开上了阵地。

激烈的战斗打响了，"小鬼班"战斗情绪极为高涨。在机枪、步枪火力掩护下，突击组先向敌人投了一阵手榴弹，把敌人打乱，接着挥舞大刀，高呼着"为烈士报仇！"直冲敌群，日军被"小鬼班"的突然袭击，搞得晕头转向，狼狈逃窜。这时，"小鬼班"的抢车组乘势把大场上的两辆大车抢了回来，把被炸毁的圩门堵塞起来，此刻，指挥"小鬼班"的四连副连长尹作新同志发现，在东南方向的交通沟里，有敌人的钢盔在一闪一闪地晃动，表明敌人又将发动一次新的进攻。尹副连长要大家严密监视敌人的动向，做好迎击的准备。"同志们！我们'小鬼班'成立以后，这是第一次独当一面担任重要任务，我们一定要打一个漂亮仗！"共产党员、"小鬼班"班长周茂松发出响亮的战斗口号。

不一会儿，在强大的火力掩护下，敌人向东南圩门发动了又一次冲锋。日军军曹打着日本旗在前边引导，几十个日军端着刺刀冲了上来，大概这就是所谓"武士道"精神吧！既愚蠢又骄横的日本侵略者竟敢毫无隐蔽地直着身子暴露在"小鬼班"的火力面前。只有三四十米距离了，尹作新副连长发出了"齐射"的命令，敌人一个个应声倒地，剩下的敌人连滚带爬地逃回路沟中。

过了不久，敌人又发起了进攻。狡猾的敌人，吃到上次的教训以后，改变了战术，采用了交叉掩护和分组跃进，又逐渐接近了圩门。

"节省子弹！打不中敌人不开枪！"这是 15 岁的战斗组组长高佩桐的声音。只有二三十米了，机枪、步枪吐出的火舌，像一阵强烈的暴风吹散稻草垛，敌人像一捆捆黄色的稻草满地翻滚。一个戴眼镜的日军吓昏了头，没有跟着他的同伙一块逃走，却向沟边跑了过来。小高迎头一枪，这个敌人一个倒栽葱跌进了水沟。

看到敌人狼狈溃逃，"小鬼班"战士们的脸上天真地露出了胜利的微笑。从友邻阵地工事中传来了"打得好！打得妙！'小鬼班'呱呱叫！"的赞誉声，整个阵地充满了胜利的喜悦，战士们对于守住曹圩更加增添了信心。

下午 2 点多钟，拼凑起来的敌人在猛烈的炮火掩护下，发起了最后一次冲击，密集的炮火把我们构筑的掩体大部轰平，阵地上硝烟弥漫，呼吸困难。尹作新副连长和"小鬼班"班长周茂松被敌人的炮火先后击中，壮烈牺牲了！复仇的火焰燃烧着每个小战士的心。副班长小陈担负起指挥全班的任务，战斗组组长高佩桐、机枪手高振兴、战士王启年都像小老虎一样勇猛顽强，他们完全忘记了饥饿和疲劳，和敌人反复地争夺。两辆大车被敌人的子弹打得像蜂窝一样，但"小鬼班"就以这两辆大车做依托，十进十出，反复冲杀。

从早晨到下午 3 点，150 余名日军，对东南圩门进行了10 次以上的冲锋，圩门外死尸累累，枪支弹药遍地，日军却未能跨进圩门一步。"小鬼班"的阵地像钢铁一样坚强。

下午 4 点左右，我躺在担架上，突然听到外面战士喊道："团长，韦旅长带着骑兵部队增援我们来了！还有很多民兵，也正向朱家岗一带集中。"

韦旅长真的来到了！我一直悬到嗓子的心，放下了。

下午4点20分，张庄村南松林里的敌人阵地，升起了一股黑烟，敌人开始溃退了。我们立即组织各阵地火力追击。韦旅长率领骑兵部队从岗东插入。曾被敌人分割并与团指挥所失去联系的三营，也立即向溃退的敌人发起追击。敌人只顾逃命，弃械遗尸，仓皇败回青阳镇、金锁镇等据点。

晚间10点，朱家岗战斗胜利结束了。日军付出了三倍至四倍于我军的伤亡代价，最后狼狈溃逃。我英雄的二十六团抗击了弹药充足、装备精良、数量上占绝对优势的日本法西斯军队，血战18个小时，守住了阵地，取得了胜利。朱家岗的胜利，对淮北军民粉碎日军33天大"扫荡"，起了决定性的作用。

# 大悟山反"扫荡"

刘少卿

活动在鄂豫皖边区抗日根据地的我新四军第五师，于1942年11月间，集中野战部队主力8个团在大悟山区进行冬季整训，并计划在1943年的元旦节，检阅整训的成绩，准备来春与日军再战。出乎意料的是，这次检阅被提前在实战中进行了。

12月16日早饭后，李先念师长正在司令部领导各旅军、政首长和司、政两部的同志开会，突然接到敌情报告：驻大悟山西北应山县之敌第三师团主力，于昨天下午进至大悟山以南的孝感县县城集结；驻大悟山西北杨家寨、广水两地之敌，于昨日黄昏前分别到达大悟山西北50里至60里的栗林店、二郎畈，并向东汪洋店（大悟山东北50余里）方向封锁消息和打听道路；驻扎在大悟山西南王家店之敌，也于昨日下午南开，黄昏时到达平汉路上之花园集结。敌人行动企图不明。靠近大小悟山地区的小河溪和夏店之敌在前两天略有减少。日本鬼子葫芦里卖的是什么药？李师长同大家一起走近地图边，对上述情况进行分析和判断。

当大家分析了一阵之后，李师长果断地说："看来，敌人的行动，极大的可能是又要'扫荡'我大小悟山根据地。"李师长当即指示：情报处要继续抓紧查明各方面的情况，通报各军分区，赶快将各地区的敌情查明报来；在大悟山区进行整训的部队，停止整训工作，做好战斗准备。命令一下达，紧张的战斗空气顿时充满了司、政两部机关。

从正午到下午2点钟，紧急情报接踵而至。情况是：从昨夜开始，有七八千名敌人由黄陂县出发，排成四路纵队，沿河（口）汉（口）公路北进，其先头部队已越过四姑墩，后续部队已到达河口及其以北地区；原由应山开至孝感城集结的日伪军万余人，也猛然回头北进，其先头部队在今日上午到达花园地区后，仍继续北进；进到二郎畈、栗林店之敌，继续向我大悟山地区靠拢。引人注意的是，敌人主力昨日向南行动，今天又突然掉头向北疾进，究竟摆的什么"迷魂阵"呢？前几天骚扰我根据地的国民党广西军，不是驻在河口镇以北的黄陂站、禹王城、彭城店一线吗？算算时间，日本鬼子的先头部队早该和他们交火了，可为什么没有听到枪炮声？

李师长非常肯定地说："敌人忽南忽北地摆（迷魂阵），阴谋只有一个——想找我军主力作战，聚歼我军于大悟山地区。他们绝不会向广西军进攻，广西军也绝不会和他们打上。"

接着情报传来：国民党广西军于今日拂晓前全部北撤到宣化店去了；进至四姑墩地区的日军，正继续向黄陂站、禹王城、彭城店方向前进。李师长用红蓝铅笔画着地图："看吧，这明明是广西军给鬼子让路，想引入豺狼来吃掉我们！"接着他全面地分析了各路的敌情：到达二郎畈、栗林店之线的敌人，装模作样地向汪洋店方向封锁消息和查问道路，很显然，其目的在于迷惑并吸引我军之注意力于北面，便于东、西两边之敌夹击我军于大悟山地区，而后由北向南进攻；从孝感北进的敌人，将以主力进攻小悟山地区，另以一部配合平汉线之敌向我大悟山西南地区进攻，沿河汉公路北进之敌，将是从东面进攻大悟山的主力；靠近大悟山南面夏店和小河溪据点之敌，将担任堵击我军突围的任务。综观敌人以上部署，其企图是要从大小悟山的东、北、西、西南四个方向，对我军分进合击。敌人狡猾地把主力摆在最便于我军向东转移的方向，试图截断我军主力东进的道路，这是敌人最毒辣的一招。但是，我们绝不会上当。李师长思索着，接着信心百倍地说："在敌人整个包围圈尚未完成之前，应迅速组织机关、部队分路突出敌人的包围圈，插到敌人的后方去进袭敌人，以进攻的手段破坏其分进合击的计划，借以保存自己，消灭敌人。"接着李师长指示："敌人的进攻兵力有限，其包围圈不可能有纵深，便于我们穿插；在其集中了主力行动之时，后方必然薄弱，利于我们进袭。只要大家树立机动灵活、积极主动的战术思想，我们一定可以使敌人的'扫荡'计划彻底破产，取得这次反'扫荡'的胜利！"

司令部当即根据李师长的指示，迅速下达了战斗部署的通知和命令：在大悟山地区内的所有的党、政、军机关和部队，分为五路，准备向敌后穿插；以十三旅三十七团为司、政机关的掩护部队，晚8点到达步竹岭会合。对穿插到敌后的战斗部队和第一、第二军分区，划分了袭击敌据点的任务；又留下四十五团一个营，在大悟山区配合地方武装打"麻雀战"，迷惑和牵制敌人，保卫大小悟山根据地和人民群众。

晚饭后，师部机关立即整队离开白果树湾驻地，冒着越下越大的冬雨，向步竹岭方向前进。到达步竹岭时，三十七团二营营长肖刚同志已经带着几个通信员在等我们了。他报告说，因为团的主力在大悟山山顶上警戒夏店方向的敌人，又加上雨夜路难走，未能按时赶到。等了四五十分钟，他们还没来。为了争取时间，李师长决定肖刚留下等候，师部机关继续前进。

向东走了十余里，毛毛雨停了，天空现出稀少的星星和昏暗的月色。突然，发现前面的村庄有冲天的火光并传来妇女的哭声。我们赶忙登上路旁的小山包上一看，见左前方不远的几个村庄都有同样的火光。又往前走了七八百米，栗在山同志回来向师长报告，前面村庄里有鬼子兵。我便向师长说："既然前面有火光的村庄里有鬼子，那么，其他几个有火光的村庄，也一定有。看来，今天白天进到黄陂站、禹王城之线的敌人已经向西进了。按照敌人运动的速度和时间推断，这时他们也正好到达这一线。我们现在正是和敌人碰头了。"

李师长沉思了片刻，带着兴奋的语调说："对，正是这样。从几个有火光的村子一线排开的情况来看，敌人是没有后续的纵深配备，而河口镇以北至黄陂站、禹王城之公路沿线，再不会有鬼子的重兵死堵了，这正是敌人的弱点。现在敌人刚到这一线，还摸不清情况，更有利于我们行动。"在征询师里几个领导同志的意见后，决定从夏（店）河（口）之间向南蔡店方向行动。走了大约 15 公里，一直在思索的师长又令部队停止前进。他说，不能向南行动。因为整个大小悟山地区都是敌人"扫荡"的目标。既然进至河口以北的敌人向西拐弯，那么，河口镇以南至长轩岭线上之敌也会向西蔡店行动，"扫荡"小悟山地区。现在如果我们向南行动，对河（口）夏（店）公路的敌情一点也不了解，倘若又与敌人遭遇，对我是很不利的。说不定整个晚上还突不出去。而当前情况我已了解，敌人也还未发觉我之行动企图，在这种情况下，应仍按原计划，从刚才发现有敌人的那个村子以北，向东插出去，力求隐蔽和动作迅速，越快越好。

这时，三十七团的肖刚营长率领其第六连已经从后面赶上来了。从他那里得知三十七团的主力仍未下步竹岭，师长便对肖刚营长说："你派个干部带一个班，火速回到步竹岭去告诉团首长，三十七团的部队不要再随我们走了，就分散在大悟山地区配合地方武装打麻雀战，四十五团那个营也归你们团指挥。"师长又命令肖刚营长带领第六连将对面村庄之敌包围起来，掩护司、政机关通过。

毛毛雨又下起来了，天已变成黑乎乎一片，道路不熟，又看不清，怎么走呢？我们正在一个山包上察看道路，忽然从右侧棉花田里出来一个老汉，浑身泥水，冻得一个劲打哆嗦。他听说我们是新四军，抓住我的手说："同志，你们不能往村里走，鬼子现在正在村里烤火呢。"我们问他给我们带个路好吗？他答应得非常爽快，他对这周围100多里的地方都熟悉。行军队伍便轻捷而又安静地通过了村庄之间的羊肠小道。

17日拂晓，毛毛雨不下了。可是，云雾笼罩着大地。我们迅速涉过了滠水河，从四姑墩以北通过了公路。大约上午8点钟光景，到达了四姑墩以东的大吴家，这就是我们预定的目的地。我们马上架起电台与各部队和军分区联络，并向中央和军部报告情况。到9点钟时，收到各路部队安全突围的回电。李师长读完这些电报，高兴地说："鬼子要一举歼灭我军主力于大悟山地区的企图是完全破灭了。"如果鬼子的重兵进入大小悟山地区，必然会遇到两个对他不利的情况：一是到处受我们麻雀战的打击，其伤亡一定小不了；二是大小悟山地势险要，林密路陡，鬼子兵的大部队难行动，展不开，只好到处挨揍，疲于奔命。大家听了李师长这些分析之后，都高兴地笑了。

12月17日这天，从早到晚，大小悟山地区枪炮声、冲杀声不绝于耳。留在山区的第三十七团和第四十五团一个营，在地方武装、民兵自卫队和群众的配合下，与进山的2万多名日伪军展开了灵活巧妙的麻雀战。鬼子扛着日本旗，穿着大皮鞋，来势汹汹，摆着散兵线的阵势，一个劲儿往前攻，却受到埋伏在各山头路口的分队猛烈的火力袭击，敌人成排成排地滚下山沟。没有被打倒的鬼子，吓得像蒙了头的兔子，到处乱窜，或者端起机枪、步枪，乱放一气。直到他们听不见枪声了，才又贼头贼脑像乌龟爬一样地向前搜索。有的鬼子搜索半天不见人影，耷拉着脑袋刚想坐下歇一会儿，丛林里或悬崖陡壁下又突然飞出一排子弹。当他们惊慌地寻找目标时，我们的轻机枪射手又从远处开火，打得鬼子和他们的钢盔骨碌碌地滚下悬崖。我军各个战斗组出没无常、动作灵活，使出了冬季整训练兵中学到的新本事，弄得鬼子摸不着头脑，攻无目标，防无阵地，到处挨打，真是"四面楚歌"。

我内线分散的小分队用这种"推磨战术"和"麻雀阵势"与敌人战斗到下午。鬼子死伤惨重，诡计穷了，便拉了好多大炮，摆在小（河溪）夏（店）公路线上和王家店以东地区，分别向大小悟山地区一个劲地盲目乱轰；三架飞机也参加轮番扫射轰炸，哪里有枪声，就朝哪里轰击，一直轰了一个小时之久。他们妄想这样会刺激我军主力还击，以便在黄昏前集中兵力与我军主力决战。

活动在水灌冲以西山地的一支小分队在向北转移途中，被由西向东进的伪军发现，双方展开对射。东边一股日本鬼子听到枪声，误以为我军主力出现，便像疯狗一样，狂暴地打过来。我们这支小分队看到东西两面的敌、伪军快接近了，便向西边一靠，转身给东边鬼子放了个排子枪，抽身翻过一座被密林铺盖的小山，过了小沙河，上到另一座高山上去了。敌、伪两军稀里糊涂地互相开起火来。

黄昏了，被打得晕头转向的鬼子和伪军的主力，纷纷向小河溪、王家店方向集结。这时，我军插入敌后的各旅和一、二分区的部队，向平汉铁路、河汉公路上的敌人许多据点发起攻击。方圆近 200 里的敌人后方，枪炮声隆隆。我三十七团夏世厚团长率领一部分兵力，从大悟山中杀到敌人背后，乘着敌人向西靠的机会，以迅雷不及掩耳的动作，杀进了鬼子盘踞的夏店镇，杀得鬼子死伤满街。在这同时，在大悟山内各路指挥作战的指挥员们，发现敌人的钢炮在漫无目的地乱打，估计敌人今天的"扫荡"又要告终了（这是敌人历来退却的规律），于是派了几支部队插到敌人退却必经的道路上去设置埋伏；又令所有的部队和地方武装、民兵自卫队，对将要退却的敌人发起全面袭击。这样就把鬼子退却的计划完全打乱了，逼得鬼子在山上、在沟里又饥又冷地摸黑爬行，闹腾了一整夜。

18 日早晨，鬼子趁大小悟山山的浓雾未散，驮着伤兵，拖着尸体，急急忙忙向东、南、西三面突围了。于是，"敌逃我追"的口号响遍了我军的各部队。在各路敌人退却的道路两旁，冲杀声、脚步声、爆炸声、机步枪声响遍山谷。

鬼子"扫荡"失败的消息，传遍了全师和鄂豫皖边区抗日根据地各个角落。经历了两昼夜的奔驰、战斗，谁也没有疲倦的样子。李师长带着胜利的微笑指示我们说："司令部即刻返回大悟山，明天中午 12 点在磙子河召开大悟山地区党政军民的反'扫荡'祝捷大会。"

# 血战大鱼山岛

张大鹏　　何亦达

　　大鱼山岛是浙东沿海舟山群岛中的一座偏僻小岛，位于舟山本岛西北部，东面邻近岱山、秀山，西与慈溪、镇海海域相接。全岛长约6公里，宽15公里，共有400多户人家，千余人口，多以捕鱼为生。浙东沦陷后，日军屯兵岱山、定海，把舟山群岛作为浙江沿海重要的海军基地，特别是1941年12月太平洋战争爆发以来，更进一步加强了舟山群岛及其附近海面的控制，将舟山群岛当作它支援太平洋战争的战略基地。大鱼山岛虽无日伪军据点，但常有日军豢养的爪牙上岛活动。

　　正是在这种背景下，纵队司令部决定由海防大队派出部分武装开辟隐蔽的海岛游击根据地，发展和加强海岛斗争，牵制敌人的力量，以备日后作为配合盟军进军舟山群岛的跳板。5月，纵队政委谭启龙、司令员何克希，向海防大队大队长张大鹏面授了这一任务。

经过必要的侦察与部署，海防大队决定由副大队长陈铁康率领第一中队，去执行这一光荣而艰巨的任务。

8月19日晚，海防大队第一中队70余人，于慈溪古窑浦下海登船，分乘五条木帆船，其中两条是登陆作战的哨船（该船属海防大队编制），有指战员四五十人；另三条是装大米、油盐、医药用品的后勤船，有武装保护。当晚因风向不对，无法起航。20日晚，风向转好，五条战船向大鱼山岛进发。

8月21日清晨，我部顺利抵达大鱼山岛南水头，时适落潮，指战员士气高昂，奋勇争先，占领了滩头阵地。接着冲上海岛，控制了山岗。陈铁康和中队长程光明仔细察看地形，布置警戒，派出小分队，分路搜索。指导员洪珠、副指导员孙岳，带领部分战士，分头到各村仓宣传，以稳定群众情绪，并侦察敌情。

岛上居民由于深受盗匪顽伪侵害，见我部上岛，一时摸不清情况。他们开始以为是盗匪上岛，惊恐异常。后来看到指战员身穿土布衣服，脚穿百纽草鞋，头戴草帽，举止文明，队伍整齐，态度温和，觉得与盗匪不同，从而很快平静下来。但驻岛伪军舟山保安总队大洋山独立中队俞康祺部的一个分队，有七八人、四五条枪，却吓得胆战心惊，龟缩在"龙王宫"不敢轻举妄动。实际上他们是闻风而逃，窥测我军动向。为头的是一个名叫张阿龙的分队长。此人是日军特务，绰号"沙山龙"，十分凶恶。

这天晚上，部队移到老厂基丁家宿营，召开连排干部会议，安排了部队进岛的工作。

22 日，部队移到地势险要的小西洋岙驻扎。按照干部会议的安排，由指导员洪珠率领一部分战士分别到大西洋、湖庄头各村岙访贫问苦，调查情况，向群众宣传抗战救国的道理，并说明我们是抗日的队伍，是人民的子弟兵。他们一面宣传，一面还为群众修理草房，打柴挑水。当群众看到战士有饭无菜时，主动拿出鱼虾、泥螺、海蜇、咸菜等，各班都一一照价付钱。相反地，战士们看到居民以番芋度日、以糠菜充饥时，就主动把大米饭送给面黄肌瘦的老人、小孩吃。这些爱民的举动，打消了群众对我们的疑虑，赢得了群众的好感。

但是，上岛部队的领导却忽略了一个基本情况。这就是：大鱼山岛长期受日伪统治，群众害怕日伪军，担心队伍一走，岛上还是"沙山龙"为王。那个作恶多端的"沙山龙"也正是利用了这一点。他竟然大模大样地出现在我们中队队部，在保长王才荣的陪同下，以群众代表自居，"拜会"我们的陈铁康同志。当时，"沙山龙"的言行引起了一些同志的警觉，主张把他扣留起来。由于主要领导人警惕性不高，强调"初次上岛，应该联络各方，争取利用"，加之事先又未能与定海地下党组织取得联系，情况不明，难以判断，致使留下了这个毒瘤，种下了祸根。

22 日晚上，这个死心塌地的汉奸"沙山龙"，趁我部不备，和保长王才荣偷渡到岱山，将我一中队登陆大鱼山岛的情况报告给日伪军定（海）东指挥部李思镜和大队长郑留忠。郑留忠得此情报后，立即向驻岱日军密告说："大鱼山岛发现新四军二三百人，请求进剿。"驻岱日军亦惧我军威，深感驻岱日伪军不足抗我部兵力，于是又电告舟山日军司令佐藤经藏说："大鱼山岛发现新四军数百人，请求空军支援和海军配合。"这样，日军经过一番苦心策划，拼凑了日军200余人，伪舟山保安总队王继能等部三四百人，在日军指挥官和王继能的率领下，于8月25日凌晨，分乘105号兵舰1艘、登陆艇2艘、小汽艇5只、机轮船5条，在2架敌机的配合下，向大鱼山岛发动了陆海空联合进攻。

25日清晨，大鱼山岛一切都显得很宁静。突然间，"沙山龙"鬼鬼祟祟地来到中队队部，对陈铁康说："今天日本的飞机和兵舰要来进攻。"几乎是同时，隆隆的马达声，在大鱼山岛的东方响起。瞭望哨徐一宏发现敌舰，立刻向带班的五班班长报警。五班班长飞奔中队队部，向陈铁康报告说："发现敌舰十余艘，向大鱼山岛急驶而来。"陈铁康闻讯后，感到情况严重，一面下令各班做好战斗准备，一面召集连排干部开会。大家一致认为，悬海孤岛，部队无处转移，也无法隐蔽，出路只有一条，打！坚决地打！于是做出了应战的决定，并由司务长沈长文负责撤退后勤，帮助群众转移。中队指导员、党支队书记洪珠向部队做了简短的动员后，同志们以最快的速度抢占阵地。副大队长陈铁康和中队长程克明带领杨文海排占领大岙岗阵地。指导员洪珠带领陆贤章排占领打旗岗阵地。副排长陆林生带领 18 名战士占领湖庄头阵地。这三个阵地恰成掎角，既能各自监视敌人可能的登陆点，又能互相火力支援，控制滩头阵地。

敌人欺我部兵力单薄，孤军无援，上午 8 点左右，向我发起进攻，一面以飞机扫射和战舰火炮轰击，压制我方阵地，一面避开我部正面阻击，从大鱼山岛的南北两端登陆，然后分两路向我部夹击，沿途烧杀抢掠，十分疯狂。

当小西洋滩头敌人登陆时，遭到我打旗岗阵地战士的猛烈打击，上岸的十多个敌人，被打死打伤六七个，敌人就败下阵去。

敌指挥官见状，一面命令南北登陆的敌人，加紧包抄，一面用更猛烈的炮火，向打旗岗阵地轰击，并驱使伪军再度发起冲锋。当日伪军爬向山岗时，指导员洪珠向全排指战员喊道："同志们，咬住敌人，狠狠地打，打得他们腰断背裂，脑袋开花!"于是那挺横插梭的捷克式机枪喷吐出愤怒的火舌，子弹和手榴弹一齐飞向敌群，又一次打退敌人的冲锋。

与此同时，北路的日伪军到了大东岙。敌人发现了我部大岙岗阵地，便一面选择地形，一面指示敌舰炮击大岙岗。炮击约一刻钟后，一群日军带着几十个伪军，开始了侦察性进攻。

大岙岗是我部第一中队的主阵地，布置了 2 挺机枪、1 门土炮、20 多条步枪。左有打旗岗阵地为依托，右有湖庄头阵地为屏障。当时，陈铁康看清敌人缩着脑袋，弓着身子，战战兢兢地爬到山腰，他一声令下，机步枪同时开火，把敌人打下山岗。

打旗岗、大岙岗打退了敌人的进攻，大灭了日本侵略者的威风，气得日军指挥官直骂伪军"浑蛋""废物"，并手持指挥刀，胁迫伪军头目带头冲锋。同时，急令炮兵疯狂射击。敌人发狂了，在猛烈的炮火掩护下，倾巢出动，全面进攻，三个阵地各有日军60多人，伪军七八十人，采取南北夹击，分割围攻，妄图一举陷我阵地。面对敌人的疯狂进攻，我军指战员沉着应战。当敌人相距我们只有几十米远时，指挥员一声令下，阵地上的机枪、土炮、步枪一齐开火。经过一个多小时的激烈战斗，又一次打退了敌人的进攻，大岙岗、打旗岗、湖庄头三个阵地，巍然屹立。

我军连续打退敌人的三次进攻，不仅激励着战士们杀敌的勇气和信心，而且对后勤人员也是莫大的鼓舞，掩护后勤的孙民权班，以及炊事员、船老大也纷纷要求参战。他们主动跑上阵地，接过伤员的枪，参加了战斗。后经洪指导员的劝说，在司务长沈长文的带领下，回到了后勤阵地。

时已午后，敌人一面在山下喘息，调整兵力；一面用舰上的炮火，不断向岛上轰击。

下午1点钟左右，日军从全面进攻的失败中，改变了战术，以打旗岗为主要目标，展开猛烈的进攻。炮弹像冰雹般地在打旗岗爆炸，一时打旗岗浓烟滚滚，岩石被打得粉碎，积起一层厚厚的泥沙。战士们把弹坑当掩体，用碎石做枪弹，顽强抵抗。洪指导员和一些战士相继负伤，他们不顾伤痛，坚持战斗，打退了敌人一次又一次的进攻。这时部队伤亡越来越大，弹药将要耗尽，洪指导员忍着伤痛，在阵地上爬动着，从牺牲和负重伤的战士身上收集子弹，又把它们分送到坚持战斗的同志们手上。他每交出几颗子弹，便鼓励对方说："革命同志不做俘虏，不缴枪。""留下最后一颗子弹给自己，准备为革命流尽最后一滴血！"

情况越来越危急，眼看着打旗岗阵地守不住了，洪珠同志从皮包中取出文件，点上了火。这时，排长陆贤章提着一挺机枪过来了，他要指导员带几个战士后撤。洪指导员坚决不肯，命令陆贤章领着大家撤退。撤退的同志才走，便听得指导员的驳壳枪打响了，这是他在阻击敌人，掩护同志。他们又走了一段路，又听得单发的一枪。这是敌人已冲上山岗，洪指导员向活着的人们报告自己已经战斗到最后一息的枪声。

此时，守卫在湖庄头阵地的陆林生排，也打得非常艰苦，情况十分危急。陆林生腿负重伤，仍顽强坚持战斗。而当他被战士王根生强行背下阵地后，阵地上只剩下三个人了。班长张宗发带领战士张小弟、储连排，和冲上山岗的日军进行生死搏斗，当场击毙日军指挥官。班长张宗发和战士储连排在和敌人拼杀中牺牲，战士张小弟负了伤，乘敌混乱中滚下山岗。

打旗岗、湖庄头失守后，残酷的战斗转移到大岙岗。大岙岗处于日军的四面包围中，但阵地上的英勇战士，却临危不惧，殊死坚守。当日军全力攻击，冲上山岗时，战士朱大钧沉着应战，接连击毙日军三名。一班班长兼机枪手施铁山，更加英勇顽强，他站立身子，满面怒容，圆睁双眼，横扫机枪，一下打死了七八个敌人。当他身中数弹时，还忍着痛，咬着牙，打完最后一梭子子弹。他把枪芯甩掉，跳出战壕，挥动着手中的枪托，与敌人厮杀，最后倒在血泊中。其他战士也跳出战壕，与敌人展开了一场惊心动魄的白刃战。

激烈的战斗，一直持续到下午 3 点左右。鬼子凭着优势的兵力和精良的装备，在惨重的伤亡中占领了这个阵地。

下午 5 点，敌人撤离大鱼山岛。

这当中，有一部分伤员被俘，敌人把他们押上了战舰。途中，三位同志跳海。敌人用机枪扫射，两位战士牺牲在海中；战士李金根左臂中弹，仍顽强泅渡，奋力向大鱼山岛游去，后来被当地渔民搭救。惨无人道的日军，公然违反对待俘房的国际法，将押上 105 号战舰的我军战士集体屠杀。

李金根回到岛上，找到了负伤突围的张小弟，过后又会合了十多位跳崖脱险的同志。他们一个个身上多处负伤，幸亏当地群众大力支援，帮他们擦拭血迹，包扎伤口，妥善隐藏。渔民们还给伤员喂水喂饭。26 日晚，隐蔽在山脚、岩洞等处的沈长文、孙民权等同志，在岛上群众的热情帮助下，打扫了战场，掩埋了烈士的尸体，并陆续找到了十多名伤员，把他们送上 3 号哨船。当晚，3 号哨船回到了海防大队所在地古窑浦。以后，又有一部分伤员陆续归队。这些伤员都是在当地群众的掩护下脱险的。小西洋村有个叫夏杏花的妇女，不顾被枪毙杀头的危险，机智地藏下了我们的两名同志，使他们安全脱险。这样，先后回来的指战员共有 30 多人。

排长陆贤章，也是在群众的掩护下安全归队的。归队时，他的身上还绑扎着轻机枪枪芯等零件。正是他，又于 28 日奉命带了二中队两个班重回大鱼山岛，感谢、慰问当地群众。

大鱼山岛战斗，共毙伤日伪军七八十人，我军付出了牺牲 40 人的重大代价，损失了很多武器，教训是深刻的。但是，这又是气壮山河的一役。同样，大鱼山岛人民舍生忘死救护一中队同志的动人事例，也是一首嘹亮的海上战歌。

# 桂子山战斗

饶守坤

1943 年秋天，我新四军二师五旅十三团，根据上级部署，集中在安徽省天长县汊涧一带整训。当时，我任该团团长。

8 月 16 日上午 9 点多钟，当地抗日民主政府忽然派人给我们送来一份情报，说六合县八百桥日军一个小队，伪军一二百人，明日要到我根据地四合墩等地区"扫荡"、抢粮，希望我们火速前去，打击敌人，保卫秋收。

情况紧急，来不及与其他团领导打招呼，我即骑上马向旅部驻地大理庄奔去，向成钧旅长和赵启民政委做了汇报。

在旅部作战室里，我们围着六合县的地图，对敌情做了分析。一致认为，今年以来，敌人在我部队和根据地群众的不断打击下，连遭挫折，物资匮缺，粮食供应困难，出来抢粮是完全有可能的。敌人还可能认为四合墩等地区最近没有我主力部队活动，到这个地区"扫荡"、抢粮的可能性更大。我们应该打击敌人的气焰，保卫群众的丰收果实！旅首长要我团先派一个营和一个侦察队，到距我团驻地七八十里路，位于四合墩与八百桥之间的桂子山附近侦察敌情，相机打击敌人。

回到团部后，我先把接到地方的情报以及我到旅部同旅长、政委一道研究的部署和任务向大家做了传达。

当天下午 2 点 30 分，一律轻装的二营与侦察队在营长吴万银、教导员李正清的带领下，向桂子山方向出发了。我带团部和一、三营于晚 8 点出发，第二天天刚蒙蒙亮赶到了桂子山北面的张家洼子、顾家山头一带。同团部一起行动的还有成钧旅长，他虽然脚有伤，仍同部队一样摸黑行军，直至四合墩附近。

不一会儿，二营营长吴万银跑来报告：拂晓，侦察队沿八百桥方向侦察敌情，途中同敌人先头部队接上了火；侦察队边打边撤，敌人咬住不放，已经追过桂子山。我命令二营立即出击，掩护侦察队撤退，把敌人先头部队压回去，并在丁家山头一线展开。随即，我快步登上一个制高点。从望远镜里，我看到敌人后续部队黑压压的有几里地长，大车、骡马拖着大炮扬起一路尘烟，我判断，实际情况与地方送来的情报有了变化，敌人有七八百人的样子，打还是撤？

我们几个团领导碰头后，一致决定坚决打！随即做出布置：二营五、六连占领桂子山对面的丁家山头，四连占领桂子山北面的无名高地，一营跑步沿着山下的道路，由北向南从正面向敌人压过去，把敌人的队伍从中间切断。指挥所设在丁家山头北面的黄泥山北坡上，三营为预备队随团指挥所行动。

上午9点钟，一场激烈的战斗正式拉开序幕。我伏在指挥所前的地堰上，一面指挥战斗，一面观察着敌人的实力。发现敌人有小钢炮2门、山炮6门，还有不少掷弹筒，日伪有800余人。我马上抓起电话向成钧旅长报告这个情况。他听了我的报告后，沉默了一会儿，显然感到情况突然。

"你怎么打算？"成旅长在电话里急切地问。

我说："为保卫秋收，我们决心打下去。准备打一场恶仗！"

成旅长在电话里连声地说："坚决支持，坚决支持！"

我撂下电话，立即派政治处主任李冰、宣传股股长罗晴涛等人分头到各阵地去，把敌情和团里的决心传达下去，并要求全团同志，为了保卫人民的利益，绝不后退一步。

少顷，二营五连抓住了一个伪军俘虏送到团指挥所来了。据俘虏交代：这次日伪军来了800多人，主要人马是驻扎在南京的侵华日军小田大队，总指挥是大队长小田，主要任务是"扫荡"、抢粮。打算今天占领四合墩后，当晚就不走了，连夜抓夫挑粮，于第二天下午连同八百桥已抓到的民夫一起，把抢到的粮食送往六合县城。还交代，现在八百桥的日军只剩下10多人、伪军20人，都躲在据点里。

伪军的口供，证实我们观察判断的情况是准确的。于是我再一次打电话报告成钧旅长，成旅长在电话里问我："是不是再给你增加点兵力?"我回答上午不需要，还有三营未用上，但估计短时间内战斗结束不了，下午可能会更加残酷、激烈，请他派旅部特务营于下午 4 点以前赶到我指挥所背面的上顾庄一带，作为预备队最后使用。成旅长说："我马上命令特务营出发，赶往上顾庄附近。"

上午 11 点多钟时，一营通信员跑来报告说，指挥一营战斗的陈副团长和李副主任牺牲了（一营营长、教导员因病未参战）。我心里一阵悲痛，随即对他说，马上通知去一营的宣传股股长罗晴涛，让他代理教导员职务。接着我又要作战参谋孙传家立即赶到一营去任代理营长，指挥战斗。

中午 12 点，我与政治处主任李冰、参谋长李木生正蹲在指挥所前的地堰上为下一步的战斗筹措意见，忽地一颗子弹飞来，李参谋长一下捂住肚子"啊呀"了一声说："团长，我不行了!""不要紧，快下去上点药!"我一边安慰他，一边招呼人赶快把李参谋长抬下去抢救。这时只剩我和李冰主任，我们俩默默相对着，只觉心里沉甸甸的。

12 点钟以后，开始转入阵地争夺战，战斗激烈异常，我五、六连坚守丁家山头。该山高约 50 多米，南北蜿蜒伸展几百米，恰似一道长长的堤坝，阻挡着敌人潮水般的冲击。四连守卫的无名高地，略高出对面的丁家山头，临近路边，像一个卡子卡住敌人通向四合墩的咽喉路口。由于这两块阵地的位置，对这场战斗的胜败有举足轻重之势，就成为敌我争夺的焦点。

争夺战首先在无名高地开始。敌人在炮火掩护下，集中力量向无名高地连续发动了六七次攻击。有好几次，敌人攻上来，被打下去，又攻上来，又被打下去。打到最后，四连120多人，只剩下一个排长带着20多人坚守阵地。

四连有着光荣的传统，是红军桐柏山游击队的一支"少先队"，历史上有过战功，全连年龄最大的25岁、最小的19岁，因此，我们又习惯地称他为"青年连"。全连战士都是经过挑选的，一个个生龙活虎、聪明伶俐，思想、军事技术很过硬。在这次战斗中，为了中华民族和广大人民的利益，他们中的许多人壮烈殉国，长眠于桂子山下。

英雄的四连最终守住了自己的阵地，为胜利创造了条件。

当敌人在无名高地付出惨重代价，拿不下来四连阵地时，便急忙把主要攻击力量转向五、六连阵地。经过两三个回合的争夺以后，我们发现，敌人是不惜一切代价，要拿下这个阵地的。于是，我们也把力量集中起来：把能够集中起来的子弹给轻重机枪使用；把二、三营的轻机枪、团部的重机枪连也都集中到了五、六连阵地上，分散配置，集中射击一个目标。一营的轻机枪也都集中起来使用，并把"军工大王"吴运铎发明的枪榴弹集中起来使用，以掩护五、六连守卫阵地。另外，我们还把预备队三营的七、八连也拉了上去。

经过反复十多次的争夺，战士们一个个打红了眼，在营长吴万银、教导员李正清的带领下，端着刺刀，与敌展开肉搏战。最后，被我军打得狼狈不堪的敌人，竟惨无人道地连续多次使用毒气。阵地上，许多同志中毒晕倒了，但更多的同志用水浇湿了衣服和毛巾堵在嘴上继续战斗。打到下午近4点，敌人已成强弩之末。决战时机到了。我抓起电话，命令已于下午3点半左右赶到上顾庄附近、离我部只有六七里路远的旅部特务营，火速跑步赶到指挥所来接受任务。

下午4点30分，旅部特务营在营长的带领下赶来了。我向营长简单交代了一下情况，然后要他马上绕过丁家山头北面的一个村子，插入山下的道路，从丁家山头与无名高地中间、从敌人的侧面猛烈地打出去，打他一个措手不及。

下午4点50分左右，随着一阵嘹亮的冲锋号声，特务营突然在敌人的面前出现了。敌人在我特务营一阵猛烈的冲击下，顿时乱了阵脚。这时，全团部队也分别从几个方向乘势发起了冲锋，一鼓作气把敌人全部压到桂子山山脚下的几个小庄子里。至此，我一、二、三营和旅部特务营全都占领了有利地形，使敌人陷入了我们的包围之中。

下午6点钟，伤亡惨重的日伪军龟缩在庄子里，再也猖狂不起来了。晚8点多钟，山下同我相持的敌阵中忽然宁静了。我感到情况异常，便要侦察队立即派一个便衣侦察班悄悄摸下山去，探探敌人的动静。一会儿，侦察班的同志跑回来说："团长，鬼子溜了。"正在这时，正南方向传来了一阵激烈的枪声。一营代理营长孙传家报告说：敌人由日军断后，偷偷向八百桥方向撤退了。我要侦察队立即追上去，再狠狠地打他一下。

至此，自早 9 点至晚 9 点，打了整整 12 个小时的桂子山战斗结束了。此仗共毙伤日伪军近 300 人，其中多数为日军。这场战斗，虽然我们也付出了很大的代价，但它狠狠打击了日本侵略者的嚣张气焰，保卫了人民的利益，为开辟新区、巩固扩大路东根据地起到了积极作用。

# 山子头自卫反击战

韦国清

1943 年春，日寇万余人对我盐阜区和韩德勤部所在的淮安以东地区发动了大"扫荡"。在日伪"扫荡"前，韩德勤与我新四军第三师商谈约定，如果日寇向韩部"扫荡"，我军即配合作战，牵制敌人，韩部在不得已时可向我军之防区指定地点转移。韩德勤的代表则向我方保证：（一）敌向其"扫荡"而向我区转移时，对我地方政权、民众团体不予侵害，并予以保护；（二）敌"扫荡"停止时，其转移我区之机关部队即返原防；（三）对我军非指定的其他地区不得进入，以免妨害我军的作战部署。

2 月 12 日，日寇由湖垛、宝应、淮阴、淮安及涟水等地出动，向韩德勤部合击，迅速占领了凤谷村、车桥、曹甸和泾口。韩德勤不战而溃，一部投敌。我军信守诺言，在新四军军部统一命令下，向敌伪据点频频出击，分散日寇兵力，切断日寇退路，勇猛打击了敌人，从而使韩德勤部免遭全军覆没的危险，并且还掩护韩部退入我淮海根据地之淮阴、涟水、苏家嘴之间休整，同时又在粮草、经费等方面给予接济。我党我军这种光明磊落的行动，博得了各阶层舆论的赞扬和韩德勤部广大士兵的感激。

然而，在日寇"扫荡"停止后，韩德勤却背信弃义、恩将仇报，他们不仅不"即返原防"，却在"南返原防，收复失地"的烟幕下，于3月1日，突然向西侵占我苏北淮海区宿迁以东里仁集、程道口等地。我方婉言规劝其遵守协议，但韩德勤仍执迷不悟，又于3月中旬，亲率八十九军、保安第三纵队、独立第六旅等部，偷渡运河，侵入我淮北中心区青阳镇（今泗洪县）以北之金锁镇、界头集、山子头一带，并令第八十九军赶赴安徽省灵璧县以北地区接应王仲廉部东进。韩德勤部侵入我山子头地区后，对我地方政权、民众团体也不是"不予侵害"，而是逮捕我泗阳县中杨区的副区长，缴了我中杨区区队的枪械，杀害我伤员、地方干部和群众，并召开什么"士绅会"，妄图委任他们的区长、乡长。韩德勤忘恩负义的罪恶行径，激起了我根据地军民的无比愤慨，纷纷摩拳擦掌，要求严惩韩部。

与此同时，蒋介石命令在津浦铁路以西的王仲廉部在3月5日前东进。3月11日，王仲廉率领五十五师李守正部三个团及苗秀霖部保三团和保八团，共五个团兵力，由蒙城出发，越过津浦铁路于22日进至灵璧以北地区。淮北地区是华中抗日根据地的西大门，是华中与山东、华北联系的枢纽，其战略地位非常重要。王仲廉已闯进了我们的西大门，韩德勤又深入我们的后院，东西夹击的态势已经形成，我军处在腹背受敌的困难境地，严峻的局势迫使我军不能不奋起自卫。

3月14日，新四军军部向四师、二师和三师发出了聚歼韩德勤部的预先战斗号令：为击破顽韩在洪泽湖边建立根据地之企图，并粉碎王仲廉之东进，巩固我现阵地，第四师主力及二师五旅、三师七旅与淮海军分区部队归第四师彭（雪枫）邓（子恢）统一指挥，歼灭该顽。

3月15日，军部正式下达了作战命令。

接到军部的反击命令后，四师首长火速集中部队，部署反击。15日当天，四师首长发布了作战命令，通报了敌情，确定了各部队的作战任务。17日下午2点，彭、邓首长召集了由我和十一旅旅长滕海清、七旅政治部郭主任、五旅十四团政委、四师骑兵团首长参加的作战会议。会上师首长首先分析了顽我态势。截至17日晚上12点，敌情已经察清，据我军各方侦察报告，占领我山子头、盛圩等地系韩德勤总部和王光夏的保安第三纵队、独立第六旅，共有2500人至3000人，其外围尚有顾锡九部1000余人。我方情况，由于日伪军对我"扫荡"，当时部队比较分散，除九旅二十六团和四师骑兵团比较集中外，二十五团只有一个营在附近，还有一个营远在泗灵睢地区，三师七旅大部在淮海地区，只有二十团第二营和旅直属队，由郭主任、黄参谋长率领在泗阳地区。二师五旅旅直属队率十三团正在由淮南北移中，其十四团则分散在淮泗地区。而十一旅部队因分散活动仅集中到两个营。截至 16 日，我方集中起来的部队只有二十五、二十六团，骑兵团，三十一、三十二团各一个营。为及时给韩、王以打击，决心遵照军首长电令，不待主力全部集中即以现有兵力向山子头、盛圩等处顽军攻击。这次会议上决定了如下部署：第九旅主力（二十五、二十六团）由我指挥，歼灭山子头地区的韩德勤总部和顽保安第三纵队保五、六团及主本部，得手后即北移会攻独六旅。第十一旅三十一、三十二团各一个营及五旅十四团四个连统一归十一旅旅长滕海清、政委赖毅指挥攻击独六旅。淮海南下部队除电告外，另专函由郭主任带去寻找，预定其向仓集以南攻击前进，得手后会攻独六旅。十三团到达后即做总预备队。彭、邓等师部首长在界头集开设前线指挥所。

师首长要求已经到达的部队，黄昏进入攻击位置，午夜12 点发起攻击。为了加强主攻部队九旅的兵力，师首长确定师警卫营附属九旅指挥。

在接受军师首长交给我旅的主攻山子头战斗任务后，旅召集各团首长做了认真的研究和部署。这次战役，在总兵力的对比上我军不占优势，在我旅的攻击方向上同样是这样，据守山子头地区的顽军，有韩德勤总部及其警卫部队，有王光夏保安第三纵队纵队部率第五、六团。而我军攻击部队只有第二十五、二十六团，军、师首长指示解决战斗要迅速，不要打成对峙，不能拖延时间。为了圆满完成上级交给的任务，我们经过反复研究，最后定下了集中兵力、各个击破、"擒贼擒王"、速战速决的决心。在作战部署上，以小部（一个连）的兵力牵制顽军，集中第二十五、二十六团的大部兵力，攻歼韩总部、王光夏的纵队部及其主力。

山子头是成子湖西北岸的一条西南、东北走向的土岗子，岗子上有孙圩、韩圩、王圩、裴庄等主要村庄，韩德勤总部和王光夏的保安第三纵队分别盘踞在这几个圩子里。韩德勤的总部设在王圩比较坚固的地主庄院里。为了出奇制胜，我军隐蔽在离战区较远的朱湖、许圩、马宅地区，采取远途奔袭的战术，直捣山子头。

出发前，部队进行了远程奔袭的准备，精简了装备物资，补充了弹药。各团分别召开了干部会议，使全体干部认识到，打好这一仗的重要军事意义和政治意义，同时，明确了各单位的战斗任务。17日下午3点多钟，九旅部队在马宅东边田野里集结，由我进行了战斗动员，揭露了国民党顽固派东西夹击我军的阴谋和韩德勤背信弃义的罪行，激励了广大指战员的求战积极性。为了加强战斗中的组织领导和保证党的政策的贯彻执行，旅、团政治机关的很多干部下到营、连，随部队行动，他们和战士一起行军，同时又做深入细致的政治思想工作。

17日晚8点左右，各部分别由驻地出发，取捷径向山子头方向前进。当时，碧空万里，星光灿烂。到了夜里11点多钟，突然，天空乌云密布，顿时，雷雨交加，指战员浑身湿透，在泥泞不堪的道路上疾进。为了防止掉队和迷失方向，按时到达攻击位置，战士们干脆后面的人扯着前面人的衣服，一个紧跟一个往前走，终于在预定时间内到达攻击出发地。我与副旅长张震球同志也到达山子头西南赵家沟旅部指挥位置。

这时，雨渐渐地小了。原来韩顽驻地均设有固定哨和游动哨，警戒颇严，因下雨，顽军撤回房内躲雨，在二十六团攻击方向，我军接近到咫尺之处，顽军仍未发觉。夜里12点钟左右，各部先后投入战斗。

18日零点，二十六团首先打响。该团一营率先插入山子头北侧，三连迅速对唐马圩方向构成警戒阵地；二连迂回到孙圩东北，一连在孙圩西北，同时向顽保三纵五团发起猛烈攻击。二连连长带部队冲至一所院子，正遇上顽军哨兵在烤火抽烟，当即将其俘虏，一枪未放即突入房内，大批顽军在睡梦中惊醒，束手就擒。唐马圩之顽军向东北逃窜，三连实施追击，歼其一部，缴获全部物资。

10分钟后，二十五团攻击方向也传来了枪声。该团一营直插韩圩，三营七连由西南侧向裴庄发起攻击，八连和九连分别由东西两侧对王圩实施合围。经过各分队大胆穿插，孙圩、韩圩、王圩、裴庄之顽军被我军分割，使其不能互相支援。18日凌晨2点，孙圩、韩圩之顽逐个被我军全歼。韩总部盘踞的地主庄院，易守难攻，顽军据守顽抗。二十五团三营第八连二排健儿奋不顾身，在连长齐德宽的率领下，登上韩总部所在屋顶向院内扫射和投弹，八连指导员孙长兴率领三排以机枪封锁院门，将顽军全部压缩在院内。他们仍仗着坚固房屋拼命顽抗。八连战士当即在顽军据守的房顶上扒开几个洞口，向房子里扔手榴弹，随着一阵轰轰的响声，顽军惊恐万状，纷纷逃入院内，成了我军的俘虏。八连指导员孙长兴从俘虏的口中得知韩德勤、王光夏仍龟缩在房内，他头部负伤，未等包扎好伤口，就率领四个战士冲入房内，击毙了双手沾满苏北人民鲜血的反共分子王光夏，活捉了韩德勤，迫使其余顽军全部投降。韩德勤的警卫营依托裴庄坚固院墙继续顽抗，经二十五团七连两个小时激战将其歼灭。凌晨4点左右，山子头地区之顽军被我全部歼灭。

盘踞山子头北侧的顽独立第六旅，听到山子头方向的枪声后，即开始收缩。受十一旅首长指挥的五旅十四团及三十一、三十二团部队，于18日0点30分左右，对河涯庄、西盛圩等地发起攻击，或扑空，或歼顽一部形成对峙，即进入白天战斗。上午10点左右，我十四团四个连与三十一团两个连强攻小王庄之顽，将其全部歼灭。盘踞小王圩之顽独六旅旅部及十六团和东盛圩之顽十八团尚负隅顽抗，但因其主力先后被我军歼灭，他们甚为恐慌。四师首长遂决定，从山子头方向抽调九旅部队加入战斗，配合十一旅部队，决心于18日下午2点前解决战斗。并派四师张震参谋长到现地具体组织指挥。当九旅部队赶到时，三师七旅二十团和二师五旅十三团先后到达，他们坚决要求参加攻歼独六旅的战斗。师首长改变决心：以七旅二十团主攻东盛圩，三十二团两个连配合，并以十一旅炮兵支援，二十六团部队撤回休息；以五旅十三团主攻小王圩，十四团配合；以九旅骑兵连、师属骑兵团一个大队，控制在张圩、西盛圩附近，准备追击和歼灭其突围部队。各攻击部队统于午后发起攻击。五旅十三团和十四团各一部于下午 1 点左右强攻小王圩，10 分钟即解决战斗，全歼独六旅旅直及十六团一个营。七旅二十团和十一旅部队于下午 2 点对东盛圩发起攻击，二十团以五挺重机枪利用房屋向顽军瞰射，十一旅以迫击炮密切配合，部队发起冲锋，迅速解决战斗，全歼独六旅十八团二营。

从攻击开始直到战斗结束，整个山子头战役共计 15 个小时，韩德勤、王光夏所率的顽军，除少数逃窜或溃散外，全部就歼。

山子头战役的胜利，粉碎了国民党反动派以韩、王两部东西夹击我军的阴谋，最后铲除了国民党反动派留置在我华中根据地内的反共堡垒，保卫了华中抗日民主根据地。

# 小沙东海上遭遇战

吴为真

　　1943年2月初，党中央来电，要求抽调前方部分团以上干部到中央党校学习，保存力量，准备迎接全国性大反攻。三师师长黄克诚同志专门召开师党委会研究，决定由三师参谋长彭雄任干部队队长，八旅旅长田守尧同志任副队长，八旅政治部主任张赤民（张池明）同志担任支部书记。

　　就在组织赴延安学习之时，获悉日本侵略军将大举"扫荡"苏北盐阜区，师部要求干部队尽快离开司令部驻地。路线是渡旧黄河，过陇海路，经山东去延安。

　　彭雄率团以上干部10人，于2月11日行军至阜宁县板湖附近，准备夜间偷渡旧黄河，因敌人封锁严密而折回，途中又遇2000多名敌人、3架飞机跟踪，彭雄指挥警卫连坚决抵抗，经过激烈战斗，打退了敌人。彭雄和田守尧等分析敌情，认为集中行军有困难，遂决定干部队分成两部分，田守尧负责带八旅和独立团的干部，彭雄负责带师直和盐阜地区的干部。女同志"打埋伏"（隐蔽）在老百姓家里；男同志打游击，待机会合，再赴延安。哪知转战月余，仍过不了旧黄河，只得转到阜东县八滩一带。此时田旅长向黄师长要求，坐八旅二十四团缴获的海盗船，从海上走。黄师长不放心，再三询问。田旅长回答：这条船从苏北到山东，已经跑过几次买卖，没有发生过问题，过连云港敌人据点可以绕着走，如果顺风，一夜就可以到山东柘汪。黄师长批准了田旅长的要求。彭雄得知田旅长他们从海路走的消息后，去请示黄师长，首长指示他们和田守尧等同志一起从海上走。

3 月 16 日，正好刮起了强劲的东南风，我们随着走在队伍前面的彭雄同志，小心翼翼地踏上长 50 多米、宽 20 多米，有五个桅杆的木质大帆船。

上了船后，彭雄一直在思索一个问题，上了船，不见得就脱离了险境，还得加倍警惕。他望着那朦胧的大海，想到舱内 51 位同志的安全，更感到任重而道远。他手扶桅杆，又想了一会儿，慢慢地走到船老大老王跟前，详细地问："今晚风怎么样？"

"老天有眼，风又大又顺。"

"可不能大意，一定要远离敌人据点航行。"

在海上跑了 40 多年、有丰富航海经验的船老大，蛮有把握地说："参谋长放心吧！夜间可以绕过敌人据点航行。"

我们没有坐过海船，经不起海浪颠簸，大多数同志在船进入航道后就晕船呕吐，有些人甚至不能动弹。这时，彭雄走过来，叫大家嚼嚼咸菜，躺下休息。

夜深，彭雄又一次走向船头了解情况。正在这时候，一位水手神色紧张地报告："参谋长，风停了！"彭雄向四周眺望，而后快步走到船老大那里，问："风停了，怎么办？"大家不约而同地将注意力集中到船老大身上。船老大说："不要紧，我在海上漂流了几十年，一夜没有风，十年八载也遇不上一回。"彭雄取出怀表，看了看，已是午夜3点钟，船停在原处不动，同志们焦急地等待风的来临。半小时过去了，一小时又过去了，时间就这样一分一秒地流逝……夜幕渐渐消失，东方透出一片白光。少顷，天明了，船仍像抛了锚似的停在原处。

彭雄回到后舱。田旅长晕船仍不能动弹，他挣扎着坐了起来，关心地问："老彭！船怎么不动了？出了什么问题？"

"风停了，我看望了水手们，检查过瞭望哨，发现远方有一个小黑点！"

"什么小黑点？"

"隐隐约约，看不大清楚。"

张主任晕船，还在沉睡，忽听小黑点，精神马上抖擞起来。他们和彭雄一同到船上面，用望远镜观察，看见一个黑乎乎的小点，会不会是敌人的巡逻艇？彭雄急忙走到船老大那里问："这是什么地方？"船老大向海岸瞅了瞅："不好，那是连云港附近的奶奶山，敌人修有据点。"彭雄皱皱眉头，接着又问："能不能绕过去？"船老大无可奈何地摇摇头，长叹了一声："唉！一丝风也没有，船动不了。"

彭雄继续用望远镜窥探海上的动静，他发现小黑点在移动，像是汽艇上的烟筒。似乎听到马达声，判断可能是敌人的巡逻艇。彭雄立即派通信员去各船舱传达命令："没有换上便衣的同志，快换便衣，随时准备战斗。"

嗡嗡的马达声由远而近，船老大惊呼："敌人巡逻艇来了！"彭雄说："同志们！不要惊慌，赶快隐蔽好，准备战斗！"一瞬间，彭雄、田守尧和张赤民等进行了分工：彭雄在灶旁观察敌情，指挥全船；田守尧和张赤民因晕船严重，暂且回后舱休息，程世清、马指导员和船老大在前舱，准备应付敌人的盘问。敌艇越来越近，彭雄把船老大叫到身边说："敌人要盘问，你就说是上海到青岛做买卖的货船。"

"要检查怎么办？"

"给点钱，买通过去算了！"

"如果敌人硬要上船检查怎么办？"

"那就打！绝对不能让侵略军得逞。"说罢，他亲自到各舱去布置，叫同志们子弹上膛，隐蔽好，敌人不来，大家不要动。敌人盘问，请船老大回答。做好一切准备，听从命令。顿时全船上下，都投入了紧张的战前准备。

"砰！砰！"两声枪响，水手们习惯地解开了桅杆上的绳索，哗啦一声，五扇白帆，从桅顶上掉落下来。这是敌人立下的海上航行规矩，听到枪声，必须立即下帆，停船。

马达声震耳，敌艇挂着太阳旗，甲板上站着几个全副武装的日伪军，手持步枪，恶狠狠地直向我船驶来。那站在敌艇上的日军小队长，横眉冷眼，凶狠狠地说了几句日本话，站在一旁的翻译即问："什么船？"

"跑上海、青岛的货船。"

"船上有什么东西？皇军要检查，统统地检查！"

那小队长两只贼眼骨碌碌地盯着我船，又和翻译嘀咕了几句，杀气腾腾地要强行检查。这两个人一只脚跨上了我船，正在这千钧一发之际，彭雄大吼一声："打！"吓得那小队长和翻译慌忙逃跑，他们失足，"扑通"掉进海里去了。

彭雄的"打"字，揭开了战斗的序幕，手榴弹掷向敌艇，20响驳壳枪射向敌艇，敌人惊恐万状，狼狈逃窜，在离我船三四百米远的海面停下。

一会儿，敌艇依仗装甲优势，开足马力，反扑过来，"嗒！嗒！嗒！"机关枪向我船扫射。"啪"的一声，从上面掉下一个人来，横躺在我面前，定眼细看，原来是三师供给部军需科副科长曹云同志。不一会儿，又有几位战友中弹，鲜血直流。船也被打了不少窟窿，我们用被子、衣服塞着，防止海水浸入。接着机枪又打中了田旅长的爱人陈洛莲的臀部。张主任的妻子张明也中弹，倒在血泊里。伏在船面上英勇抗击侵略军的马指导员和几位警卫员中弹殉国，他们的鲜血从船面上流到船舱里。这时敌艇又靠近了，日伪军叽里呱啦地号叫："快投降！快快地投降！"彭雄听到敌人不可一世的叫嚣，看见自己的战友一个个倒下去，怒不可遏地发出第二次战斗命令："再打！狠狠地打！打得他不敢再来。"霎时间，颗颗复仇的子弹，飞向敌艇，一枚枚手榴弹，掷向敌艇，几声爆炸，炸得敌艇上几个喊话的日伪军血肉横飞……"参谋长！你要上哪儿去？"伍部长（八旅供给部部长）拦住正要跃身的彭雄说，"前面打得很激烈，很危险，你不能去，让我去！"

"指挥作战是我的职责，绝不能再让敌艇靠近我们船。"

彭雄冒着敌人机枪的扫射，来到船头。警卫员们的驳壳枪一齐怒放，一排排子弹射向敌艇，只见几个日伪军应声倒下，机枪顿时哑了，敌艇又溜回老地方去了。但是，日军不甘心失败，在逃跑的途中，仍不放松对我船的射击。血从彭雄裤腿里流了出来，"哎呀！参谋长负伤了。"警卫员扶他回船舱，大家默默地围着首长。彭雄焦急地说："不要管我，你们快去监视和抵抗敌人。快去！"警卫员们看到自己敬爱的首长受了伤，拿起驳壳枪，猛烈反击敌人，复仇的子弹打个不停。

上午 11 点左右，彭雄忍着腿部的剧痛，一面叫警卫员去看望田旅长晕船的情况，一面叫通信员到各船舱去传达命令："要爱惜每一颗子弹，敌艇不在我们射程之内，不要开枪，等靠近了再打！"我方遂停止了射击。敌艇上仅剩下的几个日伪军，误认为我们已无力抵抗，第三次向我船袭来，气势汹汹地叫嚷："把木船拉到连云港去，活捉新四军官兵，报功领赏。"彭雄不顾袭上心头的阵阵疼痛，挣扎着站了起来，脸铁一般的严峻，他发出第三次战斗命令："同志们！上两次打得不错，还要狠狠地打！哪怕只剩下一个人，也要坚持打到底，绝不能让敌人把船拖去！同志们！瞄准敌人，打！"

新四军指战员英勇善战、顽强不屈、不怕牺牲的高尚品德，感动了船老大。他卷起袖子，拿起一支不大听使唤的长枪，感慨地说："我跟他们拼了！"水手们也都抄起家伙，准备同敌人奋战到底。警卫员戴云天，不时地以战友们的尸体做掩护，对准敌艇，打一枪换一个地方……敌艇上的机枪仍在疯狂地向我船扫射，参谋长前胸中弹，受了重伤，昏倒在前舱，躺在血泊里。同志们听到参谋长再次负重伤的消息，一个个胸中燃烧起复仇的怒火。"狠狠地打！"一阵猛烈射击，压倒了敌人。敌艇灰溜溜地拉着尸体悻悻而去。

敌艇的三次进犯，全被我新四军指战员击退。十余名侵略军，只剩下寥寥数人。我方伤亡也很惨重。

我很久没有听到彭雄的声音了，正巧看见伍部长从前舱回来，我急忙拉住他问："你头上怎么包了一条白毛巾？"

"负伤了，不要紧的。"

"你舱里的人呢？"

"都牺牲了，活着的只有我一个！"

我问伍部长前舱的情况，彭雄怎么样了？是否牺牲了？伍部长沉思了片刻，吞吞吐吐地说："没，没，没有！"我从他那紧张的神态中察觉到不对劲，再看他衣服上沾满了血迹，就明白前舱的一切了。于是，我猛地向上一纵，双手扒住船舱上的木板，伍部长一把把我拉了下来，说："你现在去有危险。"我只好在舱内。船身有些晃动，张主任说："风来了，快去找船老大和水手们。"这条被敌人打得千疮百孔、已经瘫痪了的木帆船，又恢复了生机，继续向小沙东海岸驶去。远处又传来"嗡嗡"的马达声，从连云港方向来的四艘敌艇，全速向我方追来。但他们吸取第一条巡逻艇惨败的教训，与我们保持一定距离。我赶紧爬往前舱，找到了彭雄，他嘴里流着血，我一边叫老彭，一边把手伸到他鼻孔前，还有微弱的呼吸。我抚摸他的胸口，双手沾满了鲜血，不由得潸然泪下。这时，我心里只有一个念头，尽快抢救他。于是，我不顾敌人的机枪扫射，从前舱爬到后舱，取了止痛片、纱布绷带，再到灶旁，舀了一大碗水，又爬回前舱。我给彭雄喂水、吃药，看他脸色苍白、昏迷不醒的样子，眼泪又一次扑簌扑簌滚落下来。我不时轻轻呼唤端详着他……他慢慢地苏醒过来，艰难地睁开眼睛，急促地问："你手枪准备好没有？"

"子弹早已上膛，敌人上船，我就给他一枪。"我答。

他直盯住我，看了一会儿说："这次我们吃了走海路的亏。"又闭上眼睛，断断续续地说："上岸后送我到一一五师，去看看首长，我在罗荣桓政委领导下工作多年。"

"一定送你到一一五师，陪你去看望罗政委，替你治病，治愈后去中央党校学习。"

"我不行了，你要爱护身体，教育好孩子。"（我已怀孕两个多月。）

张赤民同志在船上大声喊："我们的船已经离岸不远了，现在位置是靠近小沙东海边，水浅船大，不能再往岸边靠拢，活着的受轻伤的同志快下船，到岸上我们就胜利了。"

警卫员孙连生等同志把首长抬上岸。这时，四条敌艇、五六挺机枪、数十支步枪组成的火力网，封锁了我们上岸的去路。密集的子弹，像雨点似的落在海面上，射在人身上，有的同志负伤，有的同志牺牲，顿时泛起了缕缕血水，洇红了海面。同志们不顾一切，蹚水往岸上走。田旅长扶爱人陈洛莲走在前面，不幸被海浪急流卷进水中牺牲了。有的同志背着负伤的战友往岸上走。我们抬着安详沉睡的彭雄同志，冒着枪林弹雨，终于上了岸。在一一五师独立团某连卫生员陪同下，于午夜到达团部。彭雄同志因流血过多，医治无效，光荣殉国。一一五师罗荣桓政委亲自为彭雄、田守尧并吴毅、张友来、曹云等烈士举行了追悼会。

# 刘老庄八十二烈士

胡炳云

　　1943 年 3 月，盘踞在我军苏北淮海根据地的日本侵略军，集中步骑 3000 多人，在师团长川岛的亲自率领下，在各个敌寇据点的配合下，采取分进合击的战术，向我淮海根据地中心地带展开大规模的"扫荡"，企图突然合围六塘河沿岸一带的我淮海区党政领导机关，并寻歼我主力部队，妄想以优势兵力一举摧毁我淮海根据地，切断山东与华中两根据地的联系。

　　敌人的这一阴谋诡计，已经被我们识破了。3 月 17 日，我遵照陈毅同志的指示，把分散在各地的部队迅速集结，星夜向泗洪县的山子头进发，一来赶往山子头围歼企图进犯我根据地的国民党顽固派王光夏部队，二来跳出敌人的包围圈。

　　3 月 17 日夜晚，四连接到我的命令后（当时我任十九团团长），立即将分散在淮阴县刘老庄周围配合区政府坚持开展工作的各班、排集中起来，准备转移执行新的任务。次日拂晓即发现了敌情，不远处断断续续地传来稀疏的枪声，空旷的田野上，跑反的乡亲们扶老携幼，哭声遍野。连长白思才和指导员李云鹏研究后认为，在未充分弄清敌情之前，摆在面前有两种可能：一是少数敌人来犯；一是大量敌人进行"扫荡"。如果属于前一种情况，就应抓住战机，设伏杀伤敌人，乘机扩大战果；如是后一种情况，为了掩护党政机关和广大人民群众安全转移，部队就绝不能撤离。因为我们是人民的子弟兵，在任何艰难困苦的情况下，都要把人民的安危放在心头。这是我们这个军队的光荣传统，任何时候都不能丢。

决心一下，全连立即进行战斗准备。连长白思才叫指导员李云鹏集合部队，自己身披便衣，化装成老百姓，大步赶到村头观察敌人动向。他是一位机智善战的连队指挥员，16岁就参加了陕北红军，作战很勇敢。

敌人逐渐出现在他眼前了，走在最前头的是敌人的尖兵部队，后面跟着大股敌人，其中夹杂着几十名骑着高头大马的日军指挥官。白思才同志急忙跑向指挥所，将便衣一甩，伏身在重机枪上。敌人肆无忌惮地大步前进，300米、200米、100米……完全进入了四连的伏击圈。白思才同志紧盯着敌人，当敌人离他们只有五六十米时，便率先用重机枪开了火，全连火力一起朝敌人扫去。敌人尖兵应声倒地，指挥官人仰马翻。敌人遭到这意外的伏击，一时晕头转向，仓皇散开后撤。而在这场伏击战中，四连无一伤亡。

当敌人清醒过来后，立即从四面八方向四连阵地迂回过来，形成了一个大包围圈。这时，白思才和李云鹏同志根据敌人的兵力、四周的枪炮声和敌人急于要北犯的趋势，弄清了敌人的意图：敌人分明要以突然的行动，妄图一举消灭我军驻在六塘河一带的领导机关。在当时的情况下，四连是完全可以顺利突围的，但是为了拖住敌人，争取时间，让领导机关和群众安全转移，决定放弃突围的机会，同敌人打一次防御战。打防御战对四连是十分不利的。四连眼前指战员一共只有82名，弹药又很匮乏，而敌人却有千余名，武器仅大小炮、掷弹筒就有百余门；庄内的数百群众未撤，敌人炮火打来时，群众将会遭到极大的伤亡。

在这一极大的困难条件下，四连同志下定决心，不论付出多大的代价，也要坚决打破敌人的"铁壁合围"计划。为了掩护领导机关转移，为了保护人民群众生命财产的安全，全连立即撤到刘老庄后边一片开阔地带的"抗日沟"里去固守。

上午9点左右，急于要北犯的敌人，发起了第一次冲锋，才前进30米便被四连打退了。敌师团长川岛异常恼火，登上刘老庄杨三堂屋顶上察看地形，组织了第二次冲锋。这次冲锋，敌人投入了约一个中队的兵力，集中了大炮小炮，并将十几挺机枪一起使用，企图以猛烈的火力把我四连的火力压倒，以掩护日军前进。

敌人进攻开始了，炮弹和子弹纷纷飞向四连阵地。敌人在火力掩护下，爬了过来，距我阵地越来越近。当日军离我军尚有百十米时，四连的枪榴弹集中打向敌人的火力点。顿时，敌人的火力点便变成了哑巴。这时，我军轻重机枪一齐开火，进攻的敌人大乱，伤亡一大片，往回逃跑的敌人被四连的神枪手一枪一个，当了活靶子。有20多个法西斯亡命之徒，冒死爬到四连阵地的前沿，白思才同志一声令下，四连的战士跃出战壕，端起刺刀，冲向敌人，不到10分钟，敌人便全部变成了刀下之鬼。敌人的第二次冲锋以惨败结束。

这时，四连的弹药已经消耗得差不多了，李云鹏同志焦虑起来。李云鹏是抗日战争初期参加革命的青年学生，党的培养和长期连队工作的锻炼，使他成为一个优秀的共产党员和训练有素的连队政治工作干部。他看到距阵地前沿30米以内，躺着六七十具敌人的尸体，每个尸体上都有枪和子弹。他和连长商量后，立即号召干部战士到敌人的死尸上去"验收"弹药。最先站起来响应号召的是一排排长尉庆忠，他是个老红军，性格十分幽默，他风趣地说："我在团部当过军需干事，验收弹药是我的老本行！"于是他带领突击小组，边挖沟边接近敌人的尸体。敌人发觉四连的意图后，拼命射击。突击小组冒着枪林弹雨，把前沿敌人尸体上的子弹全部取回。不幸的是，我们的这位红军老战士光荣地牺牲了。

紧接着，敌人又发起了第三次、第四次、第五次冲锋，每次都抛下死尸狼狈逃窜。这时日已过午，敌人为了组织再一次的进攻，冲锋暂时停止了。四连为了打好下一个回合，虽然又饥饿又疲劳，仍迅速修补工事，挖掘掩体。党支部利用战斗间隙召开了支委会、党小组会，认真分析了当前的形势，一致认为必须坚持到天黑，继续拖住敌人，等到六塘河附近的党政领导机关和人民群众全部安全转移了，然后再组织突围。

　　敌人被打怕了，于是改变战术，集中所有的山炮、九二式步兵炮、迫击炮、掷弹筒，向四连阵地轰击。一时弹如雨下，烟尘滚滚，大地震动。

　　四连凭借防御的仅是一段不长的"抗日沟"，哪里经受得住雨点般的炮弹！但四连全体指战员有一种比钢铁更坚硬的东西——革命的意志！工事摧毁了，立即修复；掩体坍塌了，马上用背包填上去；人负伤了，包扎起来，继续战斗。任凭敌人炮弹再多，轰击再猛，四连的阵地依旧稳如泰山，使敌人不能前进一步。

　　敌人炮击一开始，白思才同志就被弹片炸伤了，一只手失去了活动能力，立即昏迷过去。当他苏醒过来后，马上挣扎着爬起来，来往于交通壕内，继续鼓舞士气，安慰伤员，指挥战斗。

　　这时，李云鹏同志也已负了几处伤，满身血迹模糊。但他仍继续组织全连的特等射手，准确无误地杀伤敌人。他们俩会面后，李云鹏同志拿出在炮火中写给营首长的一份报告给白思才同志看。这份报告热情而生动地叙述了全连的战斗情况，白思才同志在报告上面签了字，他们俩希望这份报告能送到营、团首长手里，作为他们向党的汇报，请求党审查他们这次的战斗，并要求批准他们在火线上接纳新党员。

炮击仍在继续，白思才和李云鹏同志在炮火中检查了全连情况，经过一整天的战斗，全连只剩下不到一半人了。没有负伤的同志，眼睛也都被炮火的硝烟熏得红肿起来，鼻子被硝烟呛得鲜血直流。饭未吃一口，水未喝一滴，喉咙干得冒烟，连说话声都微弱得难以听清，全靠打手势助听。更为严重的是，子弹也快用光了。这时，敌人最大的一次冲锋即将开始了。白思才同志估计到，领导机关和群众一定都安全地转移了，于是下达命令：把余下的子弹，集中给重机枪和轻机枪使用，其余的步枪全部拆散，安上刺刀，严阵以待，和敌人展开一场肉搏战！

该拆散的枪支，全部拆散了，拆下的完整零件，一一埋入地下，绝不让敌人捞到一点武器。机密文件和报刊也全部销毁了。这时，李云鹏同志高声动员，号召全体共产党员和全体战斗员，为了民族解放和党的事业，坚决迎击敌人最后一次冲锋，更多地杀伤敌人！

时近黄昏，敌人从四面八方围上来了。当敌人接近阵地后，机枪首先猛烈开火，敌人一批批应声倒了下去。可是不久，子弹打光了，敌人重新冲了上来。白思才和李云鹏同志一声呐喊："同志们，冲上去，杀——！"

当夜幕降临阵地时，枪声终于停下来。寂静得连一点儿声音也没有，浓重的夜色紧紧地把一切包围起来。

在战斗结束很久，敌人才心惊肉跳地走近战壕。他们没俘虏到我军一个人，没获得一件完整的武器，唯一的收获，就是运走了近200具死尸和300多名头破血流、断臂残腿的伤兵。我军以少胜多，使敌人受到重创。更使敌人丧胆的是，我七旅和兄弟部队，在四连拖住敌人激战的时候，与地方武装打到敌人城下，歼灭了留守的伪军，迫使敌人不得不仓皇撤退。我淮海区的领导机关和广大人民群众都得到了安全转移。

# 梁弄战斗

刘亨云

　　梁弄是一个有 1000 多户人家的集镇。因它位于四明山区的腹地，扼有多条通道，战前市面繁荣，山区大宗的土特产品，历来在这里集散，上海、宁波两地的工业品、日用品，又都经过这里进入山区。可以说，它是山区的经济中心。我们的区党委书记，三北游击司令部政委谭启龙，在向部队进行打梁弄的战斗动员时说，梁弄捏在伪军的手上，那就等于掐了山民的脖子，断了山民的生路。

　　从军事上来说，我们要在浙东敌后长期坚持抗战，要想巩固发展已得的阵地，就要开辟四明根据地。四明山北临杭州湾，南近天台山，西依会稽山，东濒东海，可进可退，回旋余地较大。因此，建立以四明山为中心的浙东抗日根据地，是我们既定的方针。早在 1942 年 10 月，司令部便已派出自己的主力由三北挺进四明山，进行开辟工作。后因国民党顽固派在三北制造摩擦，我方被迫集中兵力自卫作战，致使四明山根据地的创建延误了近半年之久。正是在此期间，日寇命令伪军趁隙占领梁弄。所以，谭政委在动员中反复向部队讲明一个道理：打下了梁弄，才能控制整个四明山；打下了梁弄，才能建立以四明为中心的浙东抗日根据地。

1943 年 4 月中旬，浙东区党委定下了攻打梁弄的决心，并指定由我负责组织指挥这次战斗。

应该说，敌情是很清楚的。守敌一个营，共 360 余人，属伪军第十师第三十七团。其兵力部署是：一连驻守在洞桥、民教馆、横街祠堂以南地域；二连驻守在横街祠堂、阴功会、关帝庙地域；三连驻守在狮子山；营部设在横街祠堂。战前，我曾率领参谋处有关人员及参战部队中队以上指挥员秘密接近梁弄，实地察看地形。我们看到，敌人经过三四个月的苦心经营，已经修筑起一个有着完整火力配置的支撑点式的防御阵地。他们不仅利用镇上原有的关帝庙、横街祠堂、民众教育馆、阴功会等较为坚固的建筑物作为依托，设置了鹿寨、拒马、寨栅等障碍物，又在民众教育馆西南侧和镇西北狮子山 1020 高地上，各构筑了一个永久性的碉堡，其周围还修了地堡、堑壕、交通壕，拉起了铁丝网。这样的工事，除少数同志外，都是第一次看到。那时我们既没有攻坚经验，又没有攻坚武器。攻打梁弄最大的困难也就在这里。同时，部队在攻打梁弄镇伪军据点时，又要考虑到镇上有一座民间藏书楼，名叫"五桂楼"，里面珍藏我国古代文化遗著 5 万多卷，如不注意，会把这座藏书楼摧毁。这也增加了攻打梁弄的困难。

然而，敌人的弱点也是十分明显的。首先是孤军据守，一旦战斗打响，短时间内难以得到二三十公里外余姚、上虞等地敌人的救援。山区的地形利于我军封锁、围困，"关门打狗"。因此，我们得以从容察明敌情、地形，绘制详图，下发各参战部队研究讨论，发动群众献计献策，完善作战方案。

4月22日晚，参战的三支队、特务大队及姚南办事处所属的自卫队，按各自领受的任务向进攻出发地推进，指挥所前移到镇东的金子岙。为了加强战场上的政治思想工作，政治部派了张浪等政工干部深入中队、区队。

这天天黑后下过一阵大雨，部队出发时雨消云散，战士们借着朦胧的月色，行进在泥泞的山道上。23日凌晨1点，各路部队在相距梁弄4公里处的金岭下集结完毕。时值暮春，雨后的深夜，阵阵山风吹来，免不了还会打几个冷战，但大家求战心切，也顾不得添加衣服了。稍事整理，即按原定作战计划分三路接敌。开头进展比较顺利，由三支队副支队长兼参谋长余龙贵带领的三支队六中队（中队长肖松林、指导员骆子钊），经金子岙，迅速占领了镇南铁帽山，控制了主要阻击阵地；由中队长都曼令、指导员姚三林带领的三支队四中队，于凌晨3点静悄悄地在敌人设置的篱笆栅、铁丝网等障碍物中开辟了通路，直扑狮子山，我带领三支队主力及特务大队，隐蔽地接近梁弄外围，等待四中队发出夺取

90

1120 高地的信号，以便统一行动。

同一座狮子山，一北一南，北高南低，各有两座隆起的山峰。敌人的防御部署是北轻南重，北边只有堑壕和地堡，摆了一个班。我侧着耳朵、瞪着双眼，一动不动地望着狮子山方向。突然感到眼前一亮，远处蹿起一道火光。火势不大，却红得格外鲜艳，格外可爱。此时，既无枪声，也没有喊杀声，俯视梁弄，梁弄死一般的沉寂。好啊，火光在向我们报告：四中队攻击得手，1120 高地拿下了。此时，敌人还在睡梦之中。

火光便是命令，我和三支队支队长林有璋、特务大队大队长周振庭，当即指挥三支队和特务大队发起进攻，分别猛扑横街祠堂、关帝庙、民教馆等主要支撑点。

原来，都曼令率领的四中队一枪未发解决了敌人的一个班，占据了 1120 高地。并以此为依托，立即向敌主阵地发起攻击。不料，刚才的那把火，延烧到敌人的草房，敌人被烧醒了。这样，当我四中队三区队向 1020 高地冲击时，遭到地堡、堑壕里敌人的猛烈火力射击，冲击受阻，伤亡三人，区队队长王志强英勇牺牲。接着，又组织了三次冲击，虽有进展，但都未能攻破敌永久性碉堡。第一次打开篱笆栅和铁丝网的缺口，被阻于鹿寨前。第二次占领了高地东侧敌前沿阵地，给敌人以杀伤，并将其逐出堑壕，但先前打开的缺口遭敌封锁，后续部队无法接应。第三次突击部队被敌人运用高碉堡的多层火力压制于碉堡之下，一区队队长张懋功

91

等五位同志在反复冲击中光荣牺牲。此时，天色大明，更有利于敌居高临下发扬火力，如果仓促攻击，势必增加伤亡。在此情况下，我同意林有璋的意见，抽调六中队一个区队加强四中队的攻击力量，并要他们在敌前就地研究对策，准备黄昏时再行组织攻击。

与此同时，负责正面攻击的各路部队，也都未能攻克预定的目标。其中攻击民教馆的特务大队第一中队，在进抵民教馆近旁时，遭敌永久性碉堡和敌占楼房密集火力的夹击，攻击力量受到损失，二区队队长傅雪生等三人英勇牺牲，中队长黄玉等七人负伤。天明后，经与支队、大队干部研究，决心利用所占楼房，以火力掩护部队再次冲击，并点燃了煤油、辣椒抛掷敌方，想以此迷惑敌人的视线，减弱敌人的火力。却又因我方射界不良，加之风向不顺，效果不佳，攻击未能奏效。

这时，太阳已经冲破薄雾爬上山头。正当我们研究和部署第三次突击梁弄之敌时，忽然听得余旭参谋招呼我说："参谋长，01、02两位首长来了。"我回头一看，果然是何司令员、谭政委，他俩正迈着大步朝我走来。我连忙迎上前去。不等我开口，谭政委便以平静的口气对我说："情况我们已经知道了，本来就是准备打硬仗的。"说着，他看了看何司令员，问我："付了一些代价，是不是找到敌人的弱点了？"

"刚才我们研究的也正是这一点。"于是，我就向他们汇报了下一步的决心。他俩沉思了片刻，点头交换了一下眼色，表示赞同我们的决心：是的，应该充分利用街道、村巷、民房，步步为营，实施白昼连续突击，不让敌人喘息！接着，我们和支队、大队干部一起研究决定：以特务大队一中队指导员吴锡钦带领一个班佯攻民教馆、关帝庙，迷惑、钳制敌人；以三支队及特务大队主力，避开敌主碉、地堡、高屋楼房的火力，采用逐屋打通民房，隐蔽逼近敌人，然后以白刃格斗的手段歼灭横街祠堂之敌。

部队按照新的部署行动起来了。各部队在群众的协助下，逐屋破墙穿越而行。当接近街道尽头时，听得隔墙有敌人的吆喝声。无疑这是最后一堵墙了。我们悄悄地集中了一些体力强壮的战士，一律放下锄头、铁锹等工具，不声不响，来了一个合力推墙。推着推着，墙体晃动了。大家屏住气，又一次合力齐推。只听得一声巨响，好大的一堵墙倒塌了。事出凑巧，那倒塌的高墙，不偏不倚正好覆盖在敌人的一个地堡上。地堡里一个排的伪军，被这突如其来的震响和猛砸下来的砖石、泥土吓傻了眼，顿时慌作一团。几乎与此同时，战士们踏着破砖残瓦，冲到"乌龟壳"上，举起手榴弹，厉声呼喊："快投降！""不出来，统统炸死！"敌人举起手，纷纷钻出地堡。另一路部队则相机攻占了关帝庙。这样，镇内残敌已全部退缩民教馆及其近旁的高碉堡，凭借核心工事继续顽抗。

23日黄昏，我军又一次向梁弄镇和1020高地负隅顽抗之敌发起攻击，歼灭了一部分敌人。夜间，敌夺路逃往百官。战斗打了一天，驻守在余姚、上虞的日伪军还蒙在鼓里，而当他们匆匆赶来增援，爬山越岭、气喘吁吁地赶到半路时，听说梁弄已失，只好缩回老窝去了。这次战斗共毙伤伪军 40 余人，俘虏 40 余人，缴获轻机枪 1 挺、步枪 50 余支、驳壳枪 9 支。

至此，梁弄回到人民的怀抱。梁弄首次攻坚战的胜利，不但极大地鼓舞了全区人民，锻炼了部队，而且推动了姚江两岸和四明地区的政权建设，成立了四明总办事处。三北游击司令部和区党委机关，分别进驻梁弄、横坎头，梁弄成了四明山抗日根据地的中心。

# 磨盘山自卫反击战

彭胜标

1943 年夏季以来，处境日趋困难的日本侵略军实施了"以华制华"的阴谋，蒋介石也疯狂地掀起了第三次反共高潮。在皖中地区，日军自 7 月起先后撤出了设在我根据地边沿上的一些据点，有计划地放开缺口，引诱顽军向我军进攻，企图凭借顽军来削弱和摧毁我皖中抗日力量。

1943 年 11 月 20 日，国民党第八游击纵队司令兼皖中"剿匪"司令龙炎武，亲率第八游击纵队的一、二、三支队以及桂顽五一五团和五二八团一部，由盛家桥、黄姑闸分三路向我巢无抗日根据地槐林嘴、笑泉口、魏家坝一线发起进攻。其左翼为二支队，右翼为一支队和五二八团的三营，中路为五一五团和三支队。

这次顽军的大举进犯，我军事先得到了情报，有了准备。在根据地广大群众支援下，前沿阵地修筑了地堡，深挖了沟壕，构成了绵延数十里的磨盘山一线山地防御阵地，并准备了大量的地雷、石雷。针对顽军的分路进攻，我军采取了"阵地阻击消耗敌有生力量，并集中优势兵力相机歼敌一部"的方针。我军的布置：以白湖团两个营和桐东大队于狮子皮山、独皮山一线阻击顽右翼；白湖团另一个营坚守磨盘山阵地，阻击顽左翼；师独立团坚守大孔家、罗庄、井头山、山周家一线，阻击顽中路；沿江支队的独立大队于蒋家山一线担任西南方向警戒；皖南支队的一个大队于大孔家、"巢大"于笑泉口一线隐蔽，待机出击。

23日，顽军继续全线向我军进攻。我军为诱敌深入，白湖团二营五、六连奉命由丁字山、黄泥山阵地转移至磨盘山坚守。午后，顽军猛攻磨盘山，先后十多次冲锋均被我军击退。战斗打得非常激烈。当顽军接近第二道防线时，我军即拉响地雷、石雷，炸得顽军血肉横飞，抱头逃窜。但顽军仍不甘心，继续组织兵力向我阵地猛扑，磨盘山部分阵地被顽占领。黄昏时，乘顽疲困之机，"巢大"奉命反击，协同白湖团收复阵地。"巢大"一、二营迅速展开疾进。一营副营长肖选进率领二连至顽前沿后，部队就地隐蔽。肖率人去侦察，前出数百米被顽军发觉。顽军问："你是哪一部分的?"肖见周围都是顽军，正在吃饭，便随机应变地答道："我是五二八团一营营长，前来支援战斗。你们支队长在哪里，请跟我去看地形。"顽军第二支队队长郑其昌信以为真，就带两个卫士与肖一起前进。当走出200米时，肖见离顽军稍远，并已靠近我军部队，便乘机将郑抓住缴了他的手枪，并高声命令："二连出击！"二连闻声而动，直扑山头，这时一营也迅速冲向顽军，经过一个多小时的激战，顽二支队除一部分逃窜外，大部被歼。击毙顽大队（营）长以下100余人，俘二支队队长郑其昌以下400余人，缴获迫击炮1门、轻机枪4挺、步枪400余支。

在"巢大"向磨盘山顽军进攻时，为阻截中路顽军主力增援，师独立团一营和二营也分头出击。一营一连攻打樊井山。樊井山顽军集中火力向一连猛射，一连伤亡较大。二营营长胡全龙同志在樊井山东南侧看到一连遇阻，情况危急，即令司号员吹号发起冲锋，把顽军火力引过来，一连脱险了，但二营营长胡全龙同志却不幸中弹牺牲。

一连进攻受阻后，师独立团改用二营五连于当晚袭击樊井山之顽军。五连以二排六班为尖刀班，班长陈玉堆（后改名陈玉德）手持梭镖，身背手榴弹，率领全班9人，顶着昏暗月色运动到前后垄西山下，正好看见西山顽军两个连下山北援。陈玉堆率领全班隐蔽跟踪，等顽军快进樊井山村口时，陈投了两枚手榴弹，乘爆炸硝烟，用梭镖捅死最后面的一个顽军，前面的四个顽军转过身来，四个枪口对着陈玉堆。陈见顽军没上刺刀，就挥舞梭镖，连续捅死三个顽军，剩下的一个也被捅进粪坑，被战士朱双喜、丁学明活捉。为防村内顽军反扑，陈玉堆指挥全班向顽群猛投手榴弹。全连上来后，将顽军压在一个大院内。此时，皖南支队的一个大队也赶到村北。经过一个多小时的激战，顽军除小部逃窜

97

外，大部被我军歼灭。此战阻击了顽军北援，保证了"巢大"向磨盘山顺利出击。

23日中午，顽军五一五团又猛攻我井头山阵地。师独立团顽强抗击。下午顽军在南线突破，我军再战不利，即退守照明山、平顶山一线，后在"巢大"一、二营配合下发起反击，与敌展开白刃格斗，战斗一直打到黄昏，毙顽100余人，俘90余人。顽军惨败，仓皇溃逃。24日，顽军见夺占我根据地无望，即先后撤回盛家桥、黄姑闸、庐江等地。顽军此次进攻，被我军全部击退。

这次反顽自卫战斗，是1943年对顽军最大的一次打击。整个战斗，歼灭顽军700余人，我军缴获迫击炮1门、轻机枪6挺、步枪数百支和许多弹药、物资。顽军在我军沉重打击下，士气消沉。根据地军民获得了反顽自卫斗争的空前大捷，斗争情绪更加高涨。这一重大胜利有力地扫除了部分人的恐顽心理，增强了广大军民反顽斗争和坚持根据地的信心，对于粉碎国民党第三次反共高潮，巩固和发展以巢无为中心的皖中抗日根据地也具有重大意义。

# 占鸡岗歼灭战

## 成 钧 张翼翔

1944年10月，日伪军准备对我津浦路西根据地进行"扫荡"，桂顽也在古河与梁园之间频繁调动，企图乘日伪军"扫荡"之机向我军进攻。

根据师前指的部署，中共路西地委和第五旅兼路西军分区常委决定，立即动员全区党政军民投入反"扫荡"和准备迎击顽军进攻的斗争。其中，4个主力团的具体任务是：十三团于定（远）、凤（阳）、怀（远）地区，破袭淮南路北段，直逼淮南煤矿；十四团于青龙厂一带，配合巢北支队，破袭淮南路中段，切断日军供应上海的煤炭运输线；十五团在曹家岗地区打击日伪军，并监视桂顽动态，防止桂顽袭击我根据地中心区；十八团活动于花张集一带，配合县区武装打击日伪军，监视桂顽可能对延寿集、占鸡岗的进攻。为了便于掌握日伪顽的情况，旅指挥所率侦察连、警卫连活动于顽我两区交界地带。

11 月 10 日，日军 7000 余人加上伪军近万人，分东西两线同时出动，对我路西根据地进行"扫荡"。东线由蚌埠、明光、滁县、定远出发，分四路合击我中心区藕塘镇；西线由淮南路向东推进，分三路合击我占鸡岗、张桥镇地区。与此同时，桂顽一七一师集中了四个主力营及土顽武装牛登峰部 300 余人，由五一二团团长蒙培琼指挥，紧随日伪军之后，窥测时机，进攻我区。

14 日、15 日，日伪军东西对进，专门破坏我军防御工事，炸毁我碉堡、围墙，并在地下埋设地雷、手榴弹，迟滞我军修复时间，为顽军进攻我区创造条件。14 日顽军由南向我十五团活动的曹家岗地区逼近时，日伪军也由北向同一地区前进。十五团灵活地跳出日伪顽的夹击。日军在将要同顽军相遇时，即打炮告警，顽军随即后退。这是日伪顽暗中勾结在战场上做的第一次表演。更精彩的是下一幕。我军第十四团、巢北支队从青龙厂向淮南路连续进行破袭，给淮南沿线敌之据点和煤炭运输以很大打击。"扫荡"占鸡岗地区的日伪军千余人企图杀十四团的"回马枪"，于 15 日由北向青龙厂隐蔽前进。此时，桂顽五一二团两个营企图趁日伪军破坏青龙厂工事之后，袭击十四团和巢北支队，由南向青龙厂前进。16 日晨，日军进到青龙厂以北，顽军进到青龙厂以南。十四团领导分析日顽是暗中勾结，不便在战场上直接联系，遂施了一个"腹中抽空"之计，使日伪顽之间演了一场"火并"丑剧，当时，十四团派了一个连的兵力于日顽之间分兵两路，一路向北打日军，一路向南打顽军，两路边打边退，引诱日顽对进。当日顽军接近时，这个连来了个"金蝉脱壳"，隐蔽撤出。时值阴雨天气，大雾弥漫，10米以外看不清人影，日顽迎面相遇，都把对方当作新四军，于是机枪、步枪、手榴弹一起向对方开火。几天来，日伪遭到我军沉重打击，终于有了出气的机会，顽军则庆幸可以一举歼灭我军，于是双方越打越激烈，直到日军俘虏到顽军士兵后，才知道是落入了我军的"圈套"。

17日黄昏前，桂顽蒙培琼指挥的4个营已进到延寿集以南之郭集、蒋集一线，离我五旅指挥所驻地小陈庄仅5里。当时的情况是：延寿集、占鸡岗的所有工事均被日伪军破坏；延寿集附近仅有十八团，其他几个团均在一天行程以外，且连日来，部队不断转移和打仗，极度疲劳；根据地遭受日伪严重破坏急需恢复。我们研究了各方面的情况，认为只有打退顽军的进攻，才能安心处理日伪"扫荡"造成的困难局面。据此，决定争取一天的时间把部队集结起来，打退桂顽的进攻。指挥所电令十三、十四、十五团，克服一切困难，连夜赶到占鸡岗地区集结。旅长兼军分区司令员成钧赶到延寿集，命令十八团不顾一切疲劳，立即集中全团兵力进驻延寿集和占鸡岗两地，连夜抢修工事，做好坚守一天的准备。为尽快恢复根据地内被日伪军破坏了的秩序和抚恤救灾工作，由参谋长张元寿率一个骑兵班陪同副政委兼地委副书记黄岩回后方主持工作。

18日，桂顽在郭集和蒋集一线停了一天，向北打枪，试探虚实。顽军没敢贸然进攻，这使我军集结部队赢得了时间。18日黄昏前，我军3个主力团全部到达旅指定的地点隐蔽。十三团在张桥镇；十四团在占鸡岗东；十五团在宣家岗。十八团三营九连配合区武装守占鸡岗，七、八连守延寿集。团政委廖成美率一营进到刘岗地区监视顽军动态。旅指挥所移至齐油房。完成对顽军作战部署后，旅政委兼地委书记赵启民、政治部主任邓少东带领机关干部深入连队，进行战前动员，开展杀敌立功运动。

19日上午8点，桂顽蒙培琼指挥4个主力营和土顽牛登峰部300余人，分两路扑向占鸡岗地区：一路由五一二团二营营长蒙佐宣指挥，向董大圩进攻；一路由蒙培琼直接指挥3个营，向占鸡岗进攻。顽军先以大炮猛烈轰击，然后在轻重机枪掩护下，向我阵地扑来。我军指战员用步机枪、手榴弹猛烈向顽军还击，一排排子弹、手榴弹在顽群中横飞，击退了顽军一次次进攻。守董大圩的部队，是十四团三营营长彭嘉祥指挥的七连，这是个能守善战的连队。这次是仓促进入战斗，来不及构筑坚固工事，边应战边挖散兵壕。他们先在村沿杀伤进攻之顽军，后利用房屋做掩护，同顽军逐屋争夺，坚守到我军主力出击。守占鸡岗部队是十八团九连和区武装，在十四团支援下，先在外围杀伤进攻之顽，后退入核心工事坚守。我两地守备部队，英勇顽强，坚守阵地，大量杀伤、消耗、疲惫顽军，对这次战斗全胜起到重大作用。

战斗到下午3点，蒙培琼仍以为占鸡岗地区只有我十八团部队，重新调整部署，拟将占鸡岗、董大圩包围起来，一举全歼我军两地守备部队。此时，我十三团和旅骑兵连、侦察连、炮兵连已由张桥镇隐蔽运动到占鸡岗以北顽军侧翼。旅长成钧来到十三团指挥，乘顽调整部署之机，指挥部队突然出击。骑兵连纵马横刀冲入顽阵，侦察连和十三团一、二营紧紧跟随，如猛虎下山，与顽军短兵相接，展开了肉搏战。桂顽在我军突然打击下乱了阵脚，节节后退。我军乘胜追击，歼顽1个多营。十四团一、二营由占鸡岗以南出击，配合十三团将蒙培琼及其残部包围在上杨家；十四团三营和十五团向攻我董大圩的顽军出击，将顽军分割包围于西彭岗、小彭岗。我各出击部队，打得猛、协同好，骑兵连起了开路先锋的作用。连长高和昌一马当先，率领全连冲入敌阵，杀得顽军血肉横飞。旅侦察连，十三团一、二营紧随骑兵连，冲入敌阵，协同骑兵展开白刃战，杀得顽军狼狈窜逃。十四、十五团接到指挥所出击号令，立即猛冲敌阵，与十三团密切配合，一鼓作气将顽4个营分割包围。当晚，十四团和十五团各一部，在副旅长张翼翔指挥下，歼灭了困守在小彭岗的顽军，歼灭1个步兵连、1个重机枪排。十三团对退守上杨家的顽军，做了围歼的准备。

20日，我们分析桂顽可能派部队增援，决定抽出十五团和十四团一部分兵力，准备打援。困守在西彭岗之顽军，趁我调整部署之机，向龙王寺突围。十五团和十四团各一部在后面猛追，十八团一营在前面堵截，在我军前后夹攻下，除顽营长蒙佐宣带十多人侥幸逃跑外，其余全部被歼。十三团和十四团对被围在上杨家残顽发起攻击。蒙培琼率残部逃入小朱庄，企图顽抗。我追击部队冲入村内，仅用十多分钟，就全歼了该顽。下午4点左右战斗全部结束。来援的五一一团闻讯立即南逃。盘踞多年，危害我区的谢圩子的土顽，也弃巢逃走。蒙培琼藏在壕沟内装死，被我打扫战场的部队活捉。

这次战斗，全歼桂顽4个主力营和参战的土顽部队共计1900余人，其中生俘团长1名、营长3名。

# 苏中四分区反"清乡"斗争<sup>*</sup>

姬鹏飞

正当苏中四分区（我任分区地委书记兼一师三旅和分区政治委员）广大军民开展"冬防、冬耕、冬学"运动时，传来了敌伪即将"清乡"的消息。

针对新的斗争形势，地委于 1942 年底及时召开了扩大会议，贯彻苏中区党委南坎会议精神。遵照党中央《关于统一抗日根据地党的领导及调整各组织关系的决定》，首先实行党的一元化领导，调整机构，精兵简政，组成了核心领导。各县、区的领导班子充实了一批富有斗争经验的干部。我们还把部分主力部队下放到县团，部分县团兵力下放到区队，加强充实基层力量。

1944 年 3 月 24 日，粟裕主持了四分区党政军负责人会议，制定了反"清乡"斗争的总方针：进行普遍深入的思

---

　*　本文原标题为《苏中四分区反"清乡"斗争纪事》，收录时做了适当修改。

想动员，组织一切反"清乡"力量，广泛发动群众游击战，运用多种多样的方式，进行各种复杂的斗争，打破日伪"清乡"阴谋，达到坚持原地斗争的目的。

为打乱敌人"清乡"部署，粟裕曾亲自指挥我苏中军区教导团、三旅七团，一举攻克如皋曹家埠据点，全歼伪军一个营，并乘胜拔除了孙家窑据点。粟裕还代表苏中区党委向广大军民提出了"每月每乡捕杀一个敌人"，不让敌人抓壮丁、造名册、打篱笆、筑碉堡、修公路、架电线等战斗口号，望着粟裕不知疲倦的身影，我感到力量倍增。

"清乡"与反"清乡"的决战势在必行！4月8日，日军六十一师团师团长、苏北"清乡"地区现地最高指挥官小林信男与李士群签订了《苏北第一期清乡工作实施协定》，并确定4月10日开始"清乡"。11日，汪伪"苏北清乡主任公署"在南通正式成立，张北生任"主任"兼"保安司令"。日伪调兵遣将，除原有人马外，又从苏南调来所谓有"清乡"经验的菊池联队3200多人，使日伪投入"清乡"的总兵力，达到15万余人。其兵力的密集程度，在华中敌后战场是罕见的。

敌人重兵压境，我军严阵以待！在四分区各级党组织的领导下，群众性的游击战如火如荼地开展起来。

我军主力跳出"清乡"圈外去作战后，反"清乡"才个把月，海东区耕南乡的民兵就消灭了50多个敌人，大大超额完成了粟裕的号召。他们杀敌的办法有"背猪猡""钓王八""扎粽子""赶鱼进网"等好多种，所谓"背猪猡"就是埋伏路旁，专找零星掉队的敌人用绳子一套就跑；"钓王八"就是割断敌人的电话线，引诱查线的敌人上钩……广大民兵以各种方式积极同敌人做斗争。

在群众性锄奸斗争中，我们根据粟裕指示，从部队和公安部门抽调了一批政治上坚定、富有作战经验的人员，配备了短枪，加上苏中军区从一、二、三分区各抽调来的一个短枪排，组建成精干的分区"政治保安队"，群众称为短枪队，由地委社会部部长兼分区保安处处长陈伟达领导活动。各县也迅速组建了短枪队。富有传奇色彩的短枪队，就像一把锋利的钢刀插在敌人的心脏上。

当南通县警卫团政治处主任韩念龙向连指导员杨勇伟传达县委的决定，交给他组建手枪队的任务后，杨勇伟就带领队员熟悉全县重要集镇的地形，掌握了多种短武器的使用方法，并进行了应付紧急情况、化装侦察、翻墙过河等方面的训练。他们第一次执行任务，就闯进敌人重兵把守的天生港据点，干净利落地干掉了来催运封锁器材的如皋岔河大检问所主任凌月东。接着又潜入四甲坝，硬是把作恶多端的伪区长朱崇汉从据点里活捉了出来。以黄辉、赵一德为首的东南短枪队，在启西区的三丫支镇镇压了接受日军任命才半天的七乡"清乡"办事处主任孙祖贤。仅海东一个区，4月、5月间就锄掉汉奸多名。短枪队锄奸惩恶，狠狠打击了敌人的嚣张气焰，造成了日伪"清乡"人员极度恐慌不安。南通十多个伪区、乡长，躲在城里不敢下乡。听说张北生吓得送客出门只走三步，当初的威势不知去何处了。

日伪为了配合其"军事清乡"，不惜从江南运来500多万根毛竹，构成篱笆封锁线，遥遥数百里封锁线，企图将我四分区和其他地区割裂开，任他们在笼中摸鱼。除伪二十二师保护封锁线外，还沿线设了100多个大、小检问所，配备了450多名所谓训练有素的检问人员。封锁篱笆的构筑，既使我军活动受到限制，也给人民群众带来了灾难。

反封锁斗争初期，我们动员篱笆两侧的群众集体"跑反"，使日伪找不到人干活。当日伪强拉民夫时，我党员、积极分子便混杂其中，组织群众怠工或将毛竹浅插，以利于破坏。有时，区队、民兵逼近工地，袭击"清乡"人员，迫使他们逃跑，群众就乘机把篱笆拉倒，然后一哄而散。东南行动大队用这样的办法，在寅阳镇，永龙港至泰安港等处活动了一个星期，把百十里长的篱笆搞得支离破碎。

为了彻底打破敌人的封锁，在各县边区开展反筑篱笆的群众斗争基础上，我感到发动一个更大规模、全"清乡"区的火烧竹篱笆群众行动的时机成熟了，因为5月、6月正是敌重点"清剿"海门启东之际。陶勇找我商量说："我们来个围魏救赵，在封锁线上组织一次大破击，把日伪军从海启'牵'出来。"我们的想法不谋而合："用火攻！"

我们通令全区一致行动。7月1日夜，陶勇和我带了分区的部分主力，来到串场河北封锁线边沿靠近指挥，如皋县、区武装分段警戒。数以万计的群众被地方干部动员起来了，连篱笆外的三分区也组织民兵、群众积极配合。几十路大军，在东起南坎，西至岔河，北起丁堰，南至天生港，近300里长的封锁线上联合行动，锯倒电杆，割断电线，挖毁公路，整个封锁线上人声鼎沸，日伪军龟缩在碉堡里不敢妄动。号令一下，只见星星之火在黑夜里闪烁，霎时间，火借风势，风助火威，浓烟滚滚，火光烛天，宛如一条弯弯曲曲望不到头的火龙。

日伪所谓强固封锁被打破了，其编查保甲亦困难重重。伪南通特区第四区保甲指导员缪墨青到石港第三天，伪区公所就遭到抗日游击队的袭击。端午节那一天，通西独立营在金通公路天竺山、孙李桥一线设伏，当场击毙南通区公署警察局局长傅来群，活捉伪督查李厚培等。没几天，伪南通特区公署的"清乡"机构，都从金沙迁回南通城里。7月3日和8月27日两个晚上，启西地区统一行动，把一封封警告信贴在汪伪人员的家门上。群众自己动手把门户牌烧掉后，又拥进伪公所，搜缴并焚烧了户口册。

反保甲斗争取得了初步胜利，我们趁热打铁，于7月中旬在如皋刘家园召开了县委书记联席会议。地委副书记钟民在会上讲了话，我做了《三个月反"清乡"初步总结与今后形势与我们的任务》的报告。会后，地委和县委对广泛开展群众游击战做了具体部署，要求"加强武装游击活动与政治攻势相结合"。

在我们强大的政治攻势和武装打击下，日伪编查保甲工作难以进行，有的编查人员干脆躲在据点里造假名册，应付上级。有的地方伪保、甲长选不出来，竟然让群众站队报数，由报到"10"和"100"的人，分别担任甲长和保长。伪"清乡"人员纷纷与我们拉关系，谋出路，向我抗日民主政府自新者达891人，从外地来的借机逃离南通。至9月底，我抗日军民计撕门户牌7万多张，毁户口册5万多页，宣告了日伪"政治清乡"、编查保甲、建立伪化政权的阴谋破产。

秘密工作也是反"清乡"斗争中的一条重要战线。地委敌工委员会派出政治上坚强的党员干部打入敌人营垒，把情报工作做到敌人眼皮底下，使地委能及时掌握日伪动向，做到知己知彼。1943年底，打入四甲坝特工组搞内勤工作的共产党员马世和，发现一份日伪派遣潜伏在我军通东区的八个特务的名单，随即抄报地委。我公安部门核查后立即将特务一网打尽，消除了隐患。陶勇表扬她起了拿枪的军人所不能代替的重大作用。1944年初，打入敌伪的共产党员李鹤皋刚接任伪清乡公署政工团海启联合分团部办公室主任，就看到收发员送交他一包我党的机密文件，内有上级党委和海启县委关于反"清乡"的计划部署，有几个笔记本上，还写着党组织名称、党员干部名单及地址。原来，这包机密文件是我海启县委组织部部长在负伤被捕前，藏在河边芦苇里的，被伪军搜去，上交政工分团。李鹤皋赶紧通过关系，向地委秘工部部长谢克东汇报。谢指示他抽出涉及组织及绝密文件立即销毁,其他一般文件可上交伪政工团部,避免了重大损失。

我们还和爱国商人交朋友,把他们组织到抗日民族统一战线中来,为我们服务。当时我们司令部和政治部驻扎在苴镇,镇上的"三友"商店老板季敦廉就利用合法身份做掩护,为我们购买军用品。在为我们运货物时,船主徐天喜眼睛被打伤,他父亲中弹身亡。在这样险恶的环境里,先后有50多人为我们运货物,解决了后勤供给方面的难题。

四分区的斗争不是孤立的,它得到兄弟分区的大力支持;主力部队在外围作战也有力地支援配合了"清乡"区内抗日军民的斗争。

1944年春天,我们召开了地委扩大会议。我在会上做的《第一期反"清乡"斗争基本总结》的报告中,号召全体军民:"克服今后的任何困难,坚持四分区的阵地,坚持到反攻,坚持到最后胜利。"党政军各级领导经过整风、整训,提高了觉悟,增强了战斗力,为反攻在思想上、组织上、军事上做了准备。

1944年5月中旬,我们接到苏中区党委的指示,要求我们:"组织全力,抓紧反据点斗争""要用一切办法来达到反据点斗争的胜利,使敌人被逼放弃小据点,集中大据点,并使大据点一个个处于孤立局面"。日伪自"清乡"以来,实行梅花桩式的据点政策,企图以此分割我地区,推行伪化，蚕食我农村。除城区外，有日军驻守的据点就有 100 多个。这样，敌人兵力高度分散，虽然在总体上敌强我弱，但我们可集中优势兵力打歼灭战。为了集中全力反据点，我军主力部队迅速转入内线作战。5 月 19 日夜，特务四团二营在团长程业棠率领下，一举攻克童家甸据点，还击毙前来增援的二鸢据点的日军警备队队长等多人。三天后，东南警卫团又拿下竖河镇据点。

下一步棋如何走？我正在思考这个问题时，陶勇来找我了。连战皆捷，陶勇显得很兴奋。他说："反据点斗争开了个好头，现在要一鼓作气，再接再厉。当前对我们威胁最大的就是南坎据点，这个钉子不拔除，我们就很难施展拳脚。"情况摆在面前：南坎据点地处黄海之滨，设有一个大检问所，驻有日军一个小队和伪军一个连，且工事坚固，武器弹药充足。打下南坎，就打通了"清乡"区内外的通道。在一年多的相处配合中，我钦佩陶勇智勇双全、能征善战的军事才能。陶勇既能深刻地领会上级的战略意图，又能根据实际情况部署作战计划，善于捕捉战机，采取灵活的战术。打硬仗时，他更是身先士卒，冲锋在前。在他面前，没有守不住的阵地，没有攻不下的堡垒。

6 月 26 日夜，特务四团包围了重镇南坎，在 3000 民兵配合下，翌日凌晨发起进攻。我和陶勇冒着枪林弹雨，策马巡视战场，鼓励指战员迅速拿下南坎，全歼日军、伪军。战斗打响后，驻掘港的日本警备队队长丹木率领十多名日本兵和100多名伪军来援，被我们预伏在界河村的七团包围住。七团于23日刚刚在如中地区的耙齿凌打了一个漂亮的遭遇战，全歼日军加藤中队100余人，伪军400余人，士气正旺。他们把丹木放进伏击圈，来了个关门打狗，除两三个漏网外，其余包括丹木在内被我军全歼。

日军难以对付我军主力部队和地方武装神出鬼没的出击，便专门配备了一种特制的装有夜间瞄准器、带有刺刀的96式机枪，对我军造成威胁。六七月间，陶勇当即向各级武装发出号召：开展缴获96式机枪的竞赛，先缴一挺，再缴一打。海东区队率先响应。7月31日，在玉坤校附近伏击由川流港出动的8名日军，先缴1挺96式机枪。全分区军民在不到半年的时间里，就缴获了13挺，超额完成指标。

在夏秋季攻势中，区队、民兵是反击日伪的又一支重要力量。从7月下旬起，地方武装大显身手。被誉为"八万民兵的旗帜"的东南地区富余乡民兵大队大队长何凤升，联合几个乡的民兵，前后三个月几度围困了富安镇据点。他们向碉堡放冷枪，掷手榴弹，把一些死猫、死狗丢进据点四周的水沟里。富余区队一等神枪手王祥前来助阵，射杀日伪军多名。据点里的日伪军一片恐慌。10月22日，日伪军被迫从富安镇据点撤走。

我分区军民在夏秋季攻势中，前后攻克、逼退据点69个，平毁碉堡200多座，毙、伤、俘日军700余，伪军2000多人。

苏中区党委、苏中军区对我军反"清乡"斗争的胜利，给予高度的评价，在给我和陶勇等同志的嘉勉电中指出："第四分区工作是苏中最有成绩的"，"是中华儿女与敌寇做生死斗争的壮烈伟大史诗，是革命斗争史上的光辉一页"。

# 掏心战术克车桥*

叶 飞

车桥，是淮安城东南 20 公里的大镇，位于淮安城、泾河镇、泾口镇、曹甸镇之间，是日伪控制淮安东南宝应地区的重要据点之一。敌伪军在车桥和泾河、曹甸、泾口一线构筑了据点，分割了苏中一、二分区，但是敌伪据点的空隙较大。这里又是日军华中派遣军驻扬州第六十四师团与驻徐州第六十五师团的接合部，两部之间配合较差，便于我军插入其接合部，以打开苏中根据地的局面，控制苏淮边区的战略机动地区。

战役发起前，我军将一团、七团、五十二团等集结于泾口、曹甸一线以东的蒋营地区。师指挥部位于收成镇。

经过反复权衡，我们决定先集中兵力打车桥。第一，因为车桥是该区敌军的指挥中心，拿下车桥则泾口、曹甸孤

---

* 本文原标题为《车桥之战》，收录时做了适当修改。

立，便于我军而后进攻，扩大战果；第二，车桥处于敌中心地区，又有日军驻守，敌人以为比较安全，估计不到我军会绕过外围打车桥，便于我军采取掏心战术，突然进攻，出奇制胜；第三，车桥周围地形比泾口更有利于攻击部队的接近；第四，车桥敌军虽然来援方向较多，但距敌两个师团驻地徐州和扬州都较远，一时得不到大部队增援。而且敌军主要增援的方向——距车桥6公里的芦家滩一线，有良好的设伏阵地，便于我军伏击来援之敌。

这是一场硬仗。日伪军在车桥深沟高垒，设防十分严密，四周筑有大土围子，外壕里面还有许多土围子，沿大小土围仅碉堡就设有53座，还有许多暗堡封锁地面。里面驻有日军40余名，伪军600余名。为此，我军必须发扬高度的进攻精神，实行攻坚，同时还要准备打援。敌人控制点线，交通便利，增援容易，如果没有力量消灭援敌，也就无法拔去据点。只要援敌离开据点，就便于我们在运动中歼灭他们。因此，我们把参战部队分为3个纵队，确定攻坚、打援同时并举而以打援为主，以1个纵队担任攻坚，2个纵队担任打援。

1944年3月4日午夜2点左右，攻击车桥的七团传来捷报，一、二营分两路向土围实行袭击。突击队队员泅过外壕，同时架起数十架云梯登上围墙，北面的一、三连首先突破围墙。

被誉为"飞将军"的六连战士陈稻田，腰上别满手榴弹，背上梯子，冒着弹雨，飞身爬上碉堡顶盖，抢起十字镐挖出窟窿，将一连串的手榴弹塞进了碉堡，顽抗的敌人被消灭了。接着三连乘胜继续攻击伪别动大队，占领了涧河以北的街道房屋，监视小圩内的敌人。

一连向围墙上的两个碉堡发起进攻时，战士蔡心田施展"百步穿杨"的神技，飞步接近碉堡，一枚手榴弹凌空而起，准确地从敌枪眼里投进了碉堡，突击组冲了上去，全歼驻守伪军。接着，他们又向伪军补充大队队部发起攻击。

不到一小时，1000 余健儿次第攻入市镇，向街心发展。二连泅渡了两道两丈多宽的外壕，突破围墙，在伪军尚未来得及占领碉堡时就将其大部歼灭。四连由西南角突破围墙后，越过敌火力封锁，在墙上开洞，迅速打进警察局，伪军猝不及防，全部被俘。六连泅水渡壕时，被伪军哨兵发现，前卫班奋勇前进，活捉哨兵，先后占领两个碉堡，随即向纵深发展，跃过第二道围墙，攻击东南碉堡。

5 日上午 10 点，伪军补充大队驻守的两个碉堡，被七团攻占，我军冲进屋内进行白刃战，全歼守敌，俘获伪大队副以下 80 余人。11 点，伪军一个中队全部投降。

下午 2 点左右，车桥内的碉堡陆续被我军占领，只剩下日军和伪军一大队队部的两个小围子尚未攻克。不久，我攻击部队又以山炮、迫击炮向敌据圩子发起轰击，将敌一些大碉堡及暗堡打塌。

正当攻坚纵队围歼凭坚固守的日军之际，车桥西北的打援战斗也在打响，成为师指挥所注视的焦点。

车桥西北的打援地点选择在芦家滩一带，南有涧河，宽20余米，水流湍急，河岸险陡，不易徒涉；北面是一片草荡，宽约1里，长约2里，芦苇密布，淤泥陷人；中间形成狭窄的口袋形地域，淮安到车桥的公路就由这里穿越。来援之敌进入这个地域后施展不开，有利于我军在这里歼敌。就在这里，一团三营构筑了阻击阵地，在阵地前沿敷设了地雷；突击部队主力一营、二营和特务营隐蔽于芦家滩以北和西北一线，待机出击。

5日下午4点，师指挥所接到一团报告：淮安来援日军乘坐7辆卡车，约240人，于3点15分进至周庄附近。

一团三营战斗警戒分队在周庄与敌接触后撤回，敌继续进至韩庄附近，进到我军阻击阵地约500米时，三营轻重机枪猛烈开火，敌军慌乱中，进入我军在公路以北预设的地雷阵，伤亡约60人，锐气大挫。敌后续部队不敢沿公路前进，便向三营阵地迂回，企图绕过草荡，二营发现后，立即予以狙击，迫使日军缩回韩庄固守。

根据情报，师指挥所察明：在我军攻打车桥后，驻淮阴、淮安、泗阳、涟水等地日军第六十五师团第七十二旅团的六十大队，先后在淮安集结，由山泽大佐统率，将分批驰援车桥之敌。

果然，不久敌第二批增援部队约200人又赶到；下午5点30分，第三批援敌100余人赶到。紧接着，第四批跟着到来……但由于遭我军侧击，这些增援日军都猬集于韩庄。

韩庄之敌多次偷袭我三营阵地后，于晚上 7 点左右，又集结主力猛攻，企图突破我军正面阵地，均被我军击退。我军愈战愈勇。由一团二营和特务营组成的突击部队犹如猛虎下山，分成四路扑向日军。六连率先攻入，进占韩庄西头。闽东红军老战士、三排排长陈永兴率先冲入敌群，六班班长许继胜端枪紧跟，率领战士与鬼子拼开了刺刀，日军横尸60 余具。四连和特务营一连分别由北、西方向攻入韩庄，随后五连也自东面突破，把日军截成四段，和敌人展开白刃战。晚上 10 点左右，三营俘虏的日军军官中有一名身负重伤，被抬到包扎所时已经死亡。经俘虏辨认：正是山泽大佐！

正值韩庄展开白刃战之际，一部分日军由伪军淮安保安团 30 余人带路，趁暗夜从我军狙击阵地右翼徒步偷渡芦苇荡，进至草荡东北，遭到一团七连和泰州独立团一、二连的堵击。敌一部逃向小马庄。晚 10 点左右，一团一营攻击马庄之敌。三连三班班长刘作勇带领全班首先飞速越过庄北小桥，抢占房屋。经过逐屋争夺，反复冲杀，我军迫使敌人退据数间小土屋。

6 日凌晨 2 点左右，经我军打击，敌援兵溃乱，四散逃窜。有的跳进芦苇淤泥里，有的窜到我打援纵队指挥所附近，被警卫员、通信员捉住。天色大明后，战士们仍在到处搜捕溃敌。

正在此时，西面又响起了一阵马达声，汽车载着 120 余名日军，企图进至小王庄、韩庄一线，遭我特务营、二营拦路阻击，转身逃回周庄据点。

与此同时，偷渡芦苇荡的 30 余名伪军，绕道到师指挥部附近后，也被山炮连战士一个不剩地"照单全收"了。担任曹甸、塔儿头方向的打援左纵队，也在大施河击退了来援日军。至此，宝应城以南的日本侵略军全部龟缩在据点里了。

车桥战役以歼灭日军 465 人（含俘虏 24 人）、伪军 483 人、缴获 92 式平射炮 2 门及其他军用品无数的辉煌胜利，向全国人民告捷，是 1944 年以前，在一场战役中生俘日军最多的一次。

车桥之战是华中敌后战场转入反攻的标志。抗战的最后胜利已经在望了。

# 耙齿凌遭遇战<sup>*</sup>

彭德清

1944 年春，为配合苏中四分区军民开展反"据点"斗争，根据粟裕司令员的命令，我们七团归建于第三旅，由陶勇司令员指挥。

6 月 22 日，我团告别了东台汤家洋，以日行 120 余里的速度行进着。翌日上午 10 点钟左右，部队进入如中分区的耙齿凌。

走着走着，左前方传来了清脆的枪声，脚下已经接近"清乡区"了，莫非有敌人前来骚扰？想到这里，我决定使用前卫三营打他一仗。我策马加鞭赶到前方，见三营早已过去，敌人却正杀气腾腾地上来了。我们和敌人突然遭遇了！

平原上，黑压压的一片，估量着有 130 多个日本兵、500 多个伪军。这时，他们正在向西追赶，看情形像是在追

---

\* 本文原标题为《两军相遇勇者胜》，收录时做了适当修改。

击我们一支地方武装，情况很紧急。

时间已经刻不容缓了，调动部队的同时，我领着身旁仅有的几个勤杂人员登上房顶，开始射击，吸引敌人。敌人听到枪声以后，立即缩进一片乱坟包内，派出一小队日军向我占领的独立家屋杀过来了，500米、400米、300米……

距离越来越近，清清楚楚地看到一个军官挥着战刀，指着干沟，不停地呐喊。那干沟，横贯东西不见尽头，沟面很宽，沟底很深，两旁筑有高高的沟堤，堤上生长着稀稀落落的芦草。它是一条野战防线，也是一条很安全的交通壕。敌人一旦完全占领它，不仅能进，而且能退，更重要的是我们在这座独立家屋上唱着"空城计"，假如敌人占领干沟以后，继续攻击，把我们撵下去，整个部队便要暴露在开阔地上，那就十分被动了。

正在焦灼万分的时候，远方传来教导队队长秦镜同志的喊声："团长，团长，鬼子在哪儿？"

秦镜问清方向以后，大喝一声："跟我来!"飞也似的冲上去了。

教导队是我团的骨干训练班，队员全是具有战斗经验的正、副班长。把这样一个"拳头"打出去，原本可以笃笃定定，但是情况继续恶化了：敌人占领了南面的沟堤以后，穿过沟底，向北运动；北坝里，刀光闪闪，机枪狂叫。我教导队被阻拦在一马平川的开阔地上。

一次冲锋不得接近，再次冲锋没跑几步又被火力压住了。秦镜拉开嗓门喊着："同志们！听口令，一起上，别落脚，冲呀！"一声惊天动地的大喊，百十个队员像浪涛一样涌上去。日本兵恐慌了，躲躲闪闪地往后退却。

这时，敌人没有增兵干沟，反倒派出两个小队，向西、向南冲过去。可是西面是一营，南面是三营，他们派出部队试攻西、南两方，这倒给我们一个分割围歼的机会。我和副团长张云龙同志商定了一个作战计划：命令三营掉转"龙头"，吃掉南进的一个小队；命令一营卷起"龙尾"，把西进的一个小队裹住；教导队——这条硬棒的"龙身"，顶在干沟边上。看到攻击的条件已经成熟，我下命令道："号长，调六连跑步上来。"

这时一、三营部队把敌人放到眼前，端着刺刀迎了上去，西、南两面首先展开了白刃格斗。紧接着，六连连长彭家兴率领部队赶上前来，大声说："团长，交代任务吧！"

"纵深地带的那个乱坟包，"我指着方向告诉他，"是这股敌人的指挥部，你们连插进去，捣垮它！那个地方不仅有40个鬼子，还有百十个伪军。"

这个连的出击，是关乎全局胜负的一步棋。大家的注意力全部集中到纵深地带。

这时，就见敌人气势汹汹地迎上来了。一场激烈的白刃格斗开始了。"糟糕，六连顶不住了！"团指挥所有人担心地叫了一声。我举目看去，见敌人杀着叫着，一步一步地向这边赶。看到这里，我吃了一惊，正在考虑是否再放一个连上去。

"看呀！六连反击了！"话音没落，喊杀声大作，在一片"冲呀""杀呀"的喊杀声中，日军又节节败退了。

"还是增加部队支援他们。"云龙提议。

"依我看，用不着。"二营营长林少克信心百倍地对我们说，"六连能顶住，何况伪军……"正谈着，纵深又一次爆发了喊杀声。六连抓住伪军后退的机会，把日军撵进了乱坟包。

突然一个指挥官模样的军官，从坟包里蹿出来，彭连长追了上去，不料那日本兵回过头打了一枪，六连连长身负重伤，跟跟跄跄地追了几步，倒下了……

我立即同张云龙同志商量迅速解决战斗的方案。在我们又一次发起冲锋后，南面和纵深地带的枪声很快便停下来了。战斗进入了最后阶段，但敌人不肯投降。我来到二营时，林少克同志正在指挥着部队进攻一座草房。

那房里，有三个日本兵，战士们用日语喊着，要他们放下武器。许久，不见答话，大都以为敌人被我们说服了，飞快地靠近草房。就在这时，草房里飞出了榴弹，机枪也叫开了。同志们怒不可遏，利用房墙死角向里射击。草房着火了，房梁烧塌了，从房门里蹿出一个满身是火的日本兵，他左冲、右冲，发现四面都是我们的部队，拔出刺刀自杀了。我即向林少克同志交代了"协同一营，全歼散兵"的任务。这时，忽然有人大声喊着："团长，团长……"我顺着他的手势看去，一眼看见了打伤六连连长的那个军官，正慌慌张张地向西逃去。

"秦镜，把这家伙交给你！"日军官在干沟南面跑，秦镜在干沟北面追，追着追着，不见人影了……

干沟这边的战斗甫一结束，整个战场上的枪声全部消失了。我牵挂着一营的情况，向南走去。走了大约三里路的光景，发现道旁、坟边、灌木丛里，到处都是敌人的尸体。无须再问，冲到南面来的一小队日军，在这里被我三营歼灭了。但是，又听到了一个不幸的消息：副营长吴景安同志英勇牺牲了！

这时，张云龙领着部队开过来了。老张身后，跟着秦镜，他见我站在那里看他，走上前来，没头没脑地对我说："团长，刚才我们俩拉开了架子站在那里，足足盯了一袋烟工夫。那家伙撒野了，抢起战刀照我的脑门上砍了过来，我一闪，差点儿把他晃倒。我想，老子不跟你多啰唆了，我提起刺刀，从他的背上狠狠地插下去，一刀把他钉在了草地上。"

此次遭遇战，歼灭了日军1个中队，伪军1个大队。击毙日军中队长加藤大尉以下100余人，伪军100余人；俘日军小队长以下14人，伪军200余人。

# 周城战役[*]

徐　超　邱巍高　王　坚

1944年，世界反法西斯战争已转入大规模战略反攻阶段。在中国战场上，日本侵略军虽然还在做垂死挣扎，但也处处捉襟见肘，败象越来越明显。

在苏南游击根据地也出现了新的局面：粉碎了敌人的"清乡"阴谋，巩固了原有地区，开辟了安徽的郎溪、广德地区和浙江的长兴、吴兴地区；在军事上我们已有可能在一个地区集结优势兵力，进行比较大的战役行动。由于敌人不可能迅速拼凑出足够的兵力出动增援，我们就可以用较长的时间攻击日伪较大的据点，有较大的把握消灭或击退前来增援的敌人。新四军十六旅的领导同志审时度势，紧紧把握这个时机，积极开展局部反攻。8月下旬，在浙西长兴城外横扫合溪等日伪据点13处，现又选择周城、南渡等作为新攻

---

　　* 本文原标题为《打通南北走廊——记周城战役》，收录时做了适当修改。

势的目标，从郎（溪）广（德）地区挥师北上。

周城、南渡地处重要的公路干线——当时称作京杭国道的中段。盘踞在这里的是汪伪第一方面军二师四团。它的团部率第二营配合一小队日军驻南渡，第一营驻周城，第三营驻社渚。这个团是由方面军司令部教导旅改编的，有 12 个连，兵员原系太湖土匪和国民党溃军，装备精良，在伪军中素称精锐。他们驻扎在这里，不仅作为溧阳城的外围，而且和西南的梅渚、东坝等据点联结，构成日伪二线防御的一个重要环节。它插在我们两溧（溧阳、溧水）地区和郎（溪）广（德）地区中间，对我们的物资运送和部队机动造成重大威胁。

旅部首长的决心是：由四十八团攻歼周城之敌；四十六团在周城和南渡之间设伏，歼灭南渡出援之敌；四十七团在周城与社渚之间设伏，歼灭社渚出援之敌并乘胜拔掉社渚这个据点。旅部首长要求四十八团在第二天中午 12 点左右攻下周城。因为，如果在第二天早晨就结束战斗，南渡和社渚的敌人就不会出来增援，我们就不能取得"围城"和"打援"的双重胜利；相反，如果周城的战斗拖的时间太长，溧阳、溧水等地的敌人就可能集结较大的兵力前来增援，战场的情况就会复杂起来。

四十八团受领任务后，决定由三营和团直特务连担任主攻，二营做预备队，一营准备打溧阳方向的敌增援部队。三营受命后立即召集各种会议，发扬军事民主，研究夜间攻坚的战术手段。干部战士们根据以往的作战经验，纷纷献计献策。他们提出：利用黑夜，主要依靠班和小组隐蔽接敌；连队的攻击正面不要宽，可以组成三个梯队，增强攻击的后劲；在机枪火力掩护下，突击组迅速匍匐前进，从敌堡的枪眼里塞进手榴弹，用集束手榴弹炸开碉堡门；为了迅速突破敌人的铁丝网、外壕、竹篱笆等，要多准备砍刀、钳子、门板、梯子、棉被等器材。

22日拂晓，副团长饶惠谭带领第三营干部到周城南约1公里的山上，反复观察敌据点的工事构筑、障碍设置以及周围的地形、道路等，还派侦察员潜入周城详细查明敌人的暗堡位置、外壕的深度和宽度等。敌人强占了周城镇东南的一片民房，居民已全部被赶走；在民房周围筑了7个碉堡，其中有一个约10米高的高堡，是营的指挥所；据点周围，敌人用挖掘外壕时挖出来的土筑起一道土围子，在上面筑了暗堡，和明堡配合，形成高中低几层火力；据点周围射界开阔，200米以内没有可资利用的地物；各个碉堡可以独立作战，也可以互相支援；土围子周围的外壕有3米多深、4米多宽；外壕外面是铁丝网和竹篱笆等障碍物。

突击分队根据这些情况，制订出了具体的攻击方案。23日下午6点，部队带着攻坚器材，冒着绵绵的秋雨出发了。晚11点左右，各分队按指定路线占领进攻出发地。11点50分，三营七连三排悄悄地摸到了敌人的铁丝网前。

午夜12点，攻击开始。七班战士敏捷地剪断了铁丝网，奋勇冲过了外壕，踩着"人梯"，爬上了土围子。八班战士在搬运梯子时碰撞了敌人的竹篱笆，敌人被惊醒了，盲目地从碉堡里向外打枪。驻在民房里的敌人，乱哄哄地向土围子冲来。三排战士用一阵手榴弹迎接他们，敌人血肉横飞，活着的纷纷钻进了碉堡。三排战士乘胜冲进民房。一排随后跟进，消灭了一批敌人，也占领了几间民房。二排也从突破口进入，向左发展，扩大突破口。

八连奉命从七连的突破口进入，向右发展，攻击右前方的碉堡，以减轻敌火力对我军的威胁。九连从另一个方向发起进攻，由于过早暴露了目标，突袭没有成功。随后，七连的突破口也被敌人密集的火力封锁，战斗形成僵持的局面。

在这关键时刻，团长刘别生来到九连阵地，组织九连和特务连协同一致发起强攻，同时命令七、八连猛攻敌堡，钳制敌人火力。经过激烈的战斗，九连和特务连也占领了土围子，敌人全部龟缩到碉堡里顽抗。在机枪火力的掩护下，七连突击班的一个小组爬到敌人碉堡下，将手榴弹塞进敌碉堡；在手榴弹爆炸的瞬间，他们又将碉堡门炸开。突击班奋勇冲进碉堡，把里面 1 个排的敌人全部消灭。八连继夜间攻克一个碉堡之后，拂晓前又攻克了两个碉堡，歼敌 1 个连。九连突击排组成 2 个突击组，每个组推着用几床湿棉被覆盖的方桌，向敌人的碉堡接近，到一定距离时，用集束手榴弹炸开碉堡门，消灭敌人 1 个排。到 24 日上午 10 点，还有100 多名敌人据守着两座碉堡。虽然大势已去，但他们仍然凭借有利地形进行顽抗，等待南渡的伪团长带队来援救他们。

在周城那边打响以前，四十七团一营在团政治委员王直、副团长张强生带领下，插到了周城与社渚之间的陈家一带，一连占领周城方向的河堤，担负正面阻击任务；三连占领社渚方向的小山，负责切断敌人退路；二连居中接应一、三连。

部署妥当，张强生副团长命令电话员在敌人的电话线上接装我们的电话机，监听敌人通话。不出所料，周城打响以后，电话机里叫唤起来了。

"三营吗？快叫陈团副接电话！"声音惶恐而焦急。

"团副吗？新四军进攻，来势很猛，请你赶快回来！"

我们事先了解，这个陈团副，是伪两师四团的副团长兼第一营营长。他是周城的最高指挥官，现在却在社渚。这对我军当然是一个有利的情况。

不一会儿，电话里又传出了责骂的声音："你好一个陈劲飞，紧急关头擅离职守！你有几个脑袋？告诉你，不赶快回周城，军法难容！"答话的僵硬着舌头，只是"我……我……"地说不出话来。那边的骂声更严厉了："你，你个屁，周城有失，唯你是问。"训斥陈劲飞的就是伪团长牟新我了。

团指挥员分析，既然牟新我严令督责，陈劲飞是不敢迟延了，他一定要带着社渚的部队驰援周城，于是命令部队立即做好迎战的准备。可是，左等右等，一直到东方发白，还没有见敌人出动。团指挥所通知附近村子里的群众，同平时一样生火烧早饭，照常下地劳动，只是要警觉一些，一听到枪声，就立即卧倒隐蔽。

早上 7 点左右，团指挥员终于从望远镜里发现了敌人。估计有一个多连，走走停停，东张西望。在一个土岗上，站着一个指挥官模样的人，正用望远镜窥视我方隐蔽地。大概他看到的只是村子里炊烟袅袅，田间三三两两的农民往来种作，不像有什么伏兵，随即把手一挥，驱赶着他的队伍大模大样地过来了。

敌人全部进入我军伏击圈了。一连迎头一阵猛打，敌人立即往回窜。三连从隐蔽地杀出来，切断了敌人的退路。敌人想从中间突出去，二连战士一跃而起。一下子就到了敌人面前，在刺刀的闪光下，十多个敌人倒下了。我军战士从四面八方围过来。到处响起"缴枪不杀"的吼声。那个敌指挥官首先吓软了腿，带头举起了双手。他的部下跟着纷纷缴械投降。

一审问战俘，知道那个带队前来又带头投降的敌指挥官正是陈劲飞。经过一番工作，晓以民族大义，喻以生死利害，陈劲飞表示愿意戴罪立功，去向周城伪军喊话。团指挥所立即命令一营部队奔向社渚据点。可惜，社渚残敌害怕被歼，已作鸟兽散了。一部分枪支弹药和其他军用物资被我军缴获。

周城的战斗从午夜开始，社渚的敌人一早就出来增援，而且很快被消灭了，唯独伪团部所在地南渡这个方向，却显得格外宁静。时间一分一秒地过去，快到中午了，还不见敌人出动。这真把等候在这里的四十六团指战员急坏了。

还在受领作战任务之前，四十六团团长吴咏湘就给全团排以上干部讲了几堂军事课，题目就是"围城打援"。他设想了多种情况和地形条件，和大家一起研究了战法。战斗任务下达后，他又对着地图分析了南渡的敌人可能出动的兵力、路线，我们在什么地方出击，把敌人逼到什么地方进行围歼。并向部队提出活捉伪团长，夺取伪四团装备的两门日式迫击炮的要求。

在周城那边打响前，全团三个营都已在周城、南渡之间的观山和大小金山占领阵地，隐蔽待敌。团指挥所设在观山，一、二营部署在观山两侧，三营占领离南渡最近的大小金山。这一带地形很好，在一些小山头上，有以前国民党军挖掘的战壕，部队隐蔽在里面，不露一点踪迹。

从天色微明时起，各级指挥员和担负观察任务的战士，就把眼睛紧紧盯住敌人出动的方向。干部战士们心里有底，只要周城那边枪声还在响着，南渡的敌人总是要出来的。

中午 12 点左右，在观山团指挥所的西北方突然响起激烈的枪声。原来，敌人不仅早已出动，而且已走了将近一半路程，到了滕村附近的一个渡口。过了这个渡口，就可以绕过我们部队设伏的阵地，出现在我攻击部队的侧后。这是牟新我为了避免中途被歼而采取的一条"妙计"。他带着他的看家本钱四个连，连同那两门日式迫击炮，还有一小队日军在后面压阵，一出南渡就不走大道走小道，利用高高的圩堤做掩护，经西义、上吴等村向南走，虽然地形不利，行动迟缓，但可以躲过我们的视线。

我们在部署战斗的时候，吴咏湘团长对敌人这一招是估计到了的。他把二营部署在便于向这个方向出击的位置，并用一个排的兵力，封住了那个渡口。果然，战斗先从这里开始，我们埋伏在渡口的部队，用密集的火力杀伤达到对岸的敌人。敌人一面抵抗，一面慌忙后撤。

吴咏湘团长立即命令全团出击。部队纷纷从隐蔽地冲出来，山岗上，树林里，村头边，几十支箭头一齐射向敌人。按照预定的作战方案，埋伏在大小金山的三营，向南渡以南的固城、西义一带冲杀，断敌退路；二营在左，一营在右，从埝前一带向西、向北猛打，把敌人压缩到西义附近的一片圩田里，分割包围，一股一股地消灭敌人。经过一个多小时的战斗，击毙伪军20余人，活捉200余人。伪团长牟新我脸白身胖，一下就被认出来了。那两门日式迫击炮，敌人仓皇败退时丢在河里了，很快被捞上来。只是那一小队日军比较狡猾，本来就缩在后面，一见前面伪军纷纷败退，赶忙混进一群听到枪声而向南渡跑的小学生中间，以小孩子做掩护，逃回据点，钻进了碉堡。

社渚那边枪声早已沉寂，南渡方向的枪声由近而远，由密而疏，躲在岌岌可危的碉堡里的周城残敌，开始动摇了。这时，他们的指挥官陈劲飞被押到这里，喊话要他们放下武器。碉堡即将倾塌，增援已经无望，敌人只得投降了。

整个战役，攻克周城、社渚两个据点，俘伪团长、团副以下 600 余人，毙伤连长以下 40 余人，缴获日式迫击炮 2 门、重机枪 4 挺、轻机枪 18 挺、步枪 400 余支、短枪 32 支、子弹 4 万余发。

这一战役，又一次沉重地打击了敌人。盘踞在溧阳北部竹箦桥、陆笪里、玉华山、罗村坝等地的伪二师第六团，害怕遭受四团同样的命运，仓皇撤往了溧阳城内。从这时起，一直到 1945 年 8 月日本投降，日伪军没有敢对这一地区进行"扫荡"。我们的游击根据地扩大了，在两块根据地（两溧地区和郎广地区）之间一条比较安全的走廊被打通了。

# 三垛河伏击战

刘　飞

　　1945年4月，日军命令原盘踞在宝应城的伪苏北绥靖公署特务第二团马佑铭部，驻防兴化南面的周庄，以封锁、分割和蚕食我们的抗日根据地。

　　我们原打算在宝应附近的运河线上和他打上一仗，后来因为情况变化没有打成。这次马佑铭部伪军要调防，正是我们大显身手的好机会。我们就要从这个少将团长的头上开刀，决心在三垛河边的公路上打一场漂亮的伏击战。我们把这个决心报告了苏中军区首长，并要求将已上升为苏中主力兵团之一的我十八旅五十二团调回参战。我们的这个决心正符合军区领导的意图，军区司令员管文蔚同志和政委陈丕显同志立即批准了我们的作战计划，派来五十二团、江都独立团，再调来三分区特五团一起参加战斗。由我（当时任十八旅旅长兼一分区副司令）负责统一指挥，并配给我们一部电台，规定每两小时通报一次情况。

各参战部队作战任务是：江都团由团长林辉才同志率领，埋伏在三垛河以南，河口镇以西，协同五十二团消灭河道与公路上的敌人，同时准备阻击可能从兴化和河口西援的敌人，牢牢守住"袋底"，绝不让马团东逃。我旅特务营由营长成建军同志率领，在河北三垛以东，准备阻击可能从高邮东援的敌人，把守好"袋口"，不让马团西逃。五十二团由团长张宜友同志指挥，在公路北边的袁舍到野徐庄一线隐蔽下来，一旦打响，就在友邻部队配合下全线杀出，把敌人消灭在公路上。特务团守卫在河南，严防敌人南窜，并以火力支援北岸，相机过河歼敌。全军的阵势是严密的。

4月27日拂晓，参战部队秘密开进阵地。三垛河一带是我军经常出没的地方，地形熟，群众条件也好。我们一到，驻地群众听说新四军要打日伪军，无不拍手称快。家家户户腾房让铺，给部队隐蔽休息。许多群众帮我们准备船只和战斗用具，绑担架，烧水做饭，忙得不可开交，并且向我们保证，绝不走漏半点消息。民兵还放了秘密警戒，防止坏蛋活动，帮助封锁消息。为了迷惑敌人，沿河商店照常营业，河上船只通行无阻，公路上行人不加盘查，表面看来似乎"风平浪静"。真是"天时、地利、人和"都在我们这一边了。

我把旅指挥所设在河南边俞迁庄北端的民房里。参谋人员进屋后，在土墙上扒开几个瞭望射击孔。伏击部队也各在土墙上取下几块土坯布置火力。从指挥所向北面望去，眼下弯弯的三垛河，由于这几天正是雨后初晴，河水满满的。离河的北岸有 60 米，赤裸裸地躺着一条与河身平行的公路，没有一棵树木遮挡，东西七八里一览无遗，尽收眼底。公路北边，则是星散的村落和一片水田，农民已开始把嫩绿的秧苗插在田里，有的地里种着麦子、蚕豆，也已长得很高，成了我军隐蔽的"青纱帐"。

一切准备工作就绪，就只等敌人来钻"口袋"了。可是敌人就是迟迟不来。是敌情不准吗？不，我们的情报侦察工作是十分周密可靠的。早在马团离开宝应前几天，宝应地下党即向我们送出情报：伪马佑铭团即将调防，连日来，宝应城的官僚、地主正在轮流设宴为他饯行，马佑铭得意忘形，日夜打牌醉酒，他的部队则急于整顿行装，大街小巷，兵荒马乱，预料两三天内就将开拔。25 日下午，马团离开宝应开始南下。为了及时掌握敌人的行动情况、兵力和武器装备，我军和地方干部在马团调防必经的路线上，布下了侦察人员。有的通过高、宝两城的内线关系，及时将情报传到部队，有的化装进入沿途城镇，侦察敌人动向；有的埋伏在运河堤边，侦察敌情。我们还专门派了高邮独立团团长张波亲率一个连，带着电台，秘密活动到高邮城区附近，随时向指挥部报告。指挥部除了在三垛镇附近派出侦察组外，还指示参战部队派出干部，化装成农民到田间劳动，进行观察。

27 日等了一整天，不见敌人踪影。

28 日，两个侦察员急急忙忙跑来报告：由宝应南来的敌人，在高邮停了一天，今天早上离开高邮东窜，现距三垛镇只有四五里路了！我的心绷得紧紧的，立即通知各团，注意隐蔽，加强对敌监视。不久，各团报告了他们准备的情况，通话刚结束，又得侦察员报告："河面上发现敌人3艘汽艇，拖着20多条民船！"我站起身来瞭望，并立即摇动电话机，向各部队通报敌情。估计到部队的焦急情绪，我特别加了一句：未得命令，不准开枪！

果然，河上"噗噗、噗噗"的马达声由远而近，由于南岸水深，汽艇调过向，直冲我们而来，越来越近，最近时距我们只有十多米远，连敌人说话的声音都听得很清楚。船上载着50多名日军和200多名伪军，第一艘汽艇刚过去，接着第二艘跟了过来，艇上有几个日本军官和伪军军官在谈笑。忽然有个家伙指着我们这里诧异地问道："这些墙上怎么开了那么多洞洞？"我吃了一惊，但接着就有一个家伙轻蔑地说："天热了嘛，开些窗洞好通风啊！"说完，这艘汽艇也过去了。我松了一口气，暗暗地骂道："你们说得好，等一会儿还要在你们脑袋上开几个洞洞！"

3艘汽艇拖着20多船辎重刚刚过去，公路西头已经扬起尘烟，公路上的敌人来了。原来，伪军师长刘湘图一向把马佑铭视为爱儿宠子，马团是他们的一张"王牌"。这次调防生怕半路上有什么好歹，临时请求日军保镖。日军也向来器重马贼，但又觉得他是中国人，虽有几分信任，也不得不防他三分。这次行动，正想做些监督，苦无借口，恰巧刘湘图请上门来，心中暗喜，立即派遣刚从高邮湖西"扫荡"

归来的山本旅团合川大队的2个中队和1个小队护送。

马佑铭自以为部队装备好，几次和新四军交手，都逃脱了覆灭的命运，又有日军做靠山，除了指挥自己的3个营外，还指挥驻河口的1个伪军营，这次调防还有日军护送。所以他十分骄横，根本没有把苏中军民的力量放在眼里，竟以四路纵队的密集队形行进，看来毫无战斗准备。每个伪军营后面跟着日军一支中队，全队前面只有一个伪军班和一支日军小队担任搜索任务。全部约2000人大摇大摆地蜂拥而来，走到新庄西头附近，因公路有缺口，部队停止前进20多分钟，临时搭桥，后续部队不断赶了上来。这对我军收紧"口袋"更为有利。

下午3点多钟，全部敌人钻进了"口袋"。"出击的时候到了！"我一声命令，两颗红色信号弹腾空而起，紧接着轻、重机枪，手榴弹和我们兵工厂制造的小炮一齐怒吼，埋伏在南北两岸的指战员，把仇恨的子弹、手榴弹、炮弹，像狂风骤雨一样地射向敌群。化装在田野里劳动的干部也都占据了有利地形向敌人射击。沿河上下一片爆炸声。

敌人的3艘汽艇首先遇到了阻击。但敌人借着船板掩护，一面顽抗，一面割断牵引民船的绳索，开足马力，企图突破重围。我江都独立团的英雄们哪肯放过它，便集中火力射击。五十二团三营的勇士们也展开侧击，弹雨冲刷过去，除了先头的一艘汽艇因钢板较厚没能摧毁逃脱外，其余都瘫痪在河里不能动弹了。北岸的日军纷纷从公路旁跳下河，两脚陷入淤泥，越拔陷得越深，成了南岸我军射击的活靶子。

在公路上的敌人，遇到我们突然猛烈的袭击，队伍大乱，大都趴在公路上，前进不能，后退不得。与此同时，我伏击部队已经插上来，一下子把公路上的敌人截为数段。两个日军中队和全部伪军建制大乱，首尾不能相顾。于是我方展开了政治攻势："新四军优待俘虏，缴枪不杀！"马佑铭的伪军，纷纷缴械投降，只有少数还在顽抗。但最后也大部被打死或打伤，有的跳河，有的拐着脚逃向新庄。前后只一个半小时，公路东段的歼击战就已基本结束。

走在最后压阵的一个日军中队和200多名伪军，被我特务营一压，立即丢下几具尸体夺路抢占了新庄，和前面逃来的日伪军会合，凭着一人高的断墙，用机枪、步枪构成交叉火力网，以掷弹筒弥补死角，集中向我军射击，妄想固守待援。我五十二团一营由北面跑步抢占新庄，被小河阻挡，一时未能通过，却被先占新庄的日军以火力阻在开阔地上。我一营教导员汤江声同志、一连指战员和一些战士血洒沙场，光荣献身。三连指导员也身负重伤。在此紧急情况下，二连连长立即组织突击小组，拖着用绑带结成的绳索，在火力掩护下强渡小河，接着全连一齐扑上对岸。

二连过河后，冲上庄头，投出一排手榴弹，抢占了两间破屋。日军一看二连来势迅猛，妄想趁其立足未稳进行反扑。二连的勇士们毫无惧色，不但没有后退半步，而且也挥动刺刀向敌寇冲杀过去。双方肉搏拼刺，杀得难解难分，血流遍地。日军见反扑不成，又以最后的兵力投入搏斗。这时正好一连及时赶到，立即投入战斗，顶住了敌人，站稳了脚跟。后经激烈冲杀迫使困守新庄北部的敌人丢下几十具尸体向南退守。天近黄昏时，五十二团三连、特务营和江都团的一个连及时赶来，把固守新庄南部的敌人紧紧包围起来。五十二团参谋长胡乾秀同志组织好炮火，三下长声军号一吹，集中向庄上轰击，顿时火光冲天，大地也抖动起来。剩下的30多个日军，跳出断墙，向西面突围逃窜。战士们瞪着发红的眼睛，狠命地追逐射击。

经过三个多小时战斗，一场激烈而又漂亮的伏击战胜利结束了。我们全歼日军240余人，毙伪军600多人，俘虏伪军958人。日军山本顾问、伪军团长马佑铭等也都成了我军的俘虏。缴获轻重机枪、步枪1000余支，各种炮16门，大批弹药和物资器材。

# 激战周家大山<sup>*</sup>

王培臣

1944 年 7 月中旬，桂顽第一七一师占领了我江浦、全椒地区，完全切断了我新四军二师和第七师之间的联系，并准备以第一七一师和第一七六师东西对进，企图占领我皖中大片根据地。顽军经过长时间准备后，于 8 月下旬向我巢无周家大山地区发动了进攻。

周家大山位于安徽省无为县西部，南依长江，西临白湖，北与巢湖毗邻，海拔 200 多米，山上树林茂密。与周家大山接壤的还有葫芦山、许家山、天井山、羊山、乌龙山、菩萨山。周家大山位置险要，是敌我双方必争之地。我新四军第七师沿江支队派独立团于 8 月 19 日到天井山、周家大山一线，加紧战备工作。广大指战员不顾天气炎热和连续作战的疲劳，筑碉堡、布地雷、埋竹签，构筑一道牢固的防御

---

\* 本文原标题为《功勋照湖东》，收录时做了适当修改。

阵地，随时准备歼灭来犯之敌。8月21日，顽军百余人对我羊山嘴前哨阵地和三尖山碉堡进行武装侦察，被我独立团侦察连和一连击退。我们判断桂顽很可能在我军防御工事尚未完成之前，以强大的兵力进行破坏性进攻，一举侵占周家大山。为此，我沿江支队令独立团二营在大井山、三营在周家大山、一营在葫芦山加紧战备，坚守阵地，随时准备反击。白湖团位于北线的巢湖、白湖之间，随时反击由盛家桥出犯之顽。沿江团仍在桐南、贵池等敌后坚持游击战。

8月23日早上7点，周家大山的战斗打响了！

国民党安徽省第八游击纵队司令兼皖中"剿匪"司令龙炎武亲自到乌龙山督战。桂顽第一七六师五二八团、常备队5个中队和1个迫击炮连计16个连2000余人，分两路向我军天井山和葫芦山阵地发动猛烈攻击。桂顽五二八团三营向我部阵地右翼迂回，进至葫芦山正面并以密集的机炮火力压制我军前沿阵地。守卫大井山、葫芦山阵地的独立团一、二营以及白湖团三营奋起迎击。尽管我部武器装备还很落后，但广大指战员视死如归，英勇拼杀，以猛烈的火力杀伤顽军，打得顽军伤亡惨重。当顽军逼近我部时，善于集体投弹的我军指战员，向顽军投过一排排手榴弹，并拉响地雷、石雷等爆炸物，一时间火光冲天，响声如雷，烟尘弥漫，无数弹片就像一支支利箭飞向顽军。我军指战员乘顽军一片混乱之际，立即跳出战壕，拔出马刀，疾如流星猛如虎，不顾一切地扑向顽军，杀得顽军鬼哭狼嚎，节节败退。

上午 10 点左右，顽军以 5 个连的兵力正面进攻，以 5 个连的兵力从侧翼迂回猛攻羊山、天井山、关山。我军击退顽军数次进攻后，因弹药消耗将尽，不得不奉命转移。为了掩护部队顺利转移，三连一班正、副班长和两名战士坚守阵地，与十几倍的顽军奋力肉搏，最后全部壮烈牺牲。顽军侵占羊山、天井山、关山后，又全力围攻我三尖山碉堡。独立团二营四连一排战士，在党支部书记张柏和排长张开运的指挥下，在十分劣势的情况下，仍然坚守阵地，连续打垮了顽军前后十余次冲锋，毙伤数十人。下午 1 点左右，这个排的指战员弹药全部耗尽，连石雷也打光了，只好用枪托、刺刀、石块与顽军拼杀。

到了当天下午 3 点左右，全排 23 名战士提出"与阵地共存亡"的壮烈口号，在击毙敌顽十余人后，拆散机枪，砸毁步枪。在张柏和张开运的率领下，一个个勇士如猛虎下山，争先恐后跳出战壕，齐声高呼："中国共产党万岁!"以排山倒海之势，向顽军猛扑过去，以枪托、石块、牙齿与顽军肉搏。23 位勇士壮烈牺牲，用鲜血奠定了周家大山自卫反击战的最后胜利。

接着，顽军又以天井山、关山为依托，集中优势兵力，猛攻我军周家大山阵地。独立团三营指战员奋起反击，与顽军恶战，经过数小时的反复拼杀，打垮了千余顽军的进攻，我军始终坚守周家大山阵地。这时狡猾的顽军开始转移目标，袭击我军龙头山前沿阵地，后又猛扑周家大山，一直攻到碉堡边。独立团七连指战员英勇反击，与顽军血战好几个小时，打退千余顽军的四次冲锋，不让顽军侵占一寸土地。战斗中，副连长黄跃英勇牺牲。战士张友甫两次负伤仍然坚持作战。特等射手郑德甫弹无虚发，三枪歼灭 3 个顽军。一连特等射手每人至少杀顽军 5 人。特等投弹手陈其山一人就投弹 19 枚，枚枚在顽军中爆炸。

战斗持续到黄昏，顽军因伤亡惨重，畏于被歼，遂弃尸 30 余具，向乌龙山、黄姑闸方向逃窜。我独立团、白湖团三营在巢大的配合下，乘胜分路出击，将天井山一线阵地收复，粉碎了桂顽先占领周家大山、然后步步推进侵占我巢无根据地的企图。

周家大山自卫反击战的胜利是和地方武装、广大民兵积极支持和配合分不开的。早在这年春节后，全团就开展了大规模的拥政爱民运动，深入进行了拥政爱民的思想教育，认真反省了在军政关系和军民关系中的缺点，制定了拥政爱民公约和改进措施，普遍检查了执行群众纪律情况，将借物归还原主，损坏了的进行赔偿，并向群众进行道歉。当时正值秋收季节，群众放下收割，出动万余民工抢修工事，有的做工 20 余天不休息，有的带病坚持作业。上至六七十岁的老人，下至十二三岁的娃娃，都来参加修工事。无为县县委机关搬到构筑工事的山脚下办公，区、乡政府领导同志同民工一起宿营，呈现出一派党政军民团结战斗的动人景象。

周家大山自卫反击战一举击毙桂顽五二八团 1 个营长、

3个连长及其以下官兵300余人，把五二八团打得失去战斗力，首创我第七师一个团重创桂顽一个团并守住阵地的光辉范例，获新四军军部嘉奖。这次周家大山自卫反击战，狠狠地打击了桂顽的嚣张气焰，保卫了人民的生命财产和秋收，进一步巩固了巢无根据地，大大地鼓舞了根据地军民对争取新的胜利的信心。

# 血战白龙厂*

李　元

　　白龙厂，在抗日战争时期是淮南抗日根据地的西南门户，处在日军和国民党顽军的夹击下，东边是国民党桂系军队，西边是日伪军林立的据点。经过白龙厂可向西向南与新四军第五、七师所在的根据地取得联系。驻守该地的是新四军第二师第六旅兼津浦路西军分区所属巢北支队的第一营第三连。当时我在支队任参谋长。

　　1945 年夏天的一个清晨，突然从南边五六里外的白龙厂方向传来隆隆的炮声，我立即派人去侦察。

　　中午，侦察队队长回来报告说，是国民党顽军向白龙厂发动进攻，已经占领了白龙厂周围的庄子。守备白龙厂的第三连，有七八十人，一挺轻机枪，五六十支步枪，2000 多发子弹，200 多颗地雷，4000 多枚手榴弹。虽然连里没有正

　　* 本文原标题为《血战七昼夜　坚守白龙厂》，收录时做了适当修改。

职干部，但副连长、副指导员机智勇敢。阵地也比较坚固，由三个小碉堡和两道八九尺厚的圩墙连接成三角形的阵地，中间有一个三丈高的大碉堡，圩外有一条一丈多宽的水壕。于是，我命令三连依托阵地坚守防御，同时组织一营一连派出机动兵力牵制向白龙厂进攻的顽军。

第二天，一、二营送来几个俘虏。根据俘虏的口供和一、二营的报告才知道，围攻白龙厂的是桂顽一七二师的两个团（四个营）。一个连抗击两个团，形势十分严峻。更使我焦急的是，与三连的联系也被顽军切断了，只能听见一阵紧、一阵缓的枪炮声。第三天下午，旅里命令我们继续坚守白龙厂，等待增援。黄昏时，我把一营营长张云找来，对他说："今天旅里来了指示，要三连坚守待援。我想派你今晚进去把上级意图传达给他们，并加强对他们的领导。你看需要什么帮助？"

他思索了一下说："不要什么，什么时候走？"

"我派一个侦察班掩护，天一黑就出发。进去后，要搞好宣传鼓动，坚定他们的斗志和信心，告诉他们增援部队一定会到！"

天黑以后，张云出发了。可是，天亮他却回来了，浑身上下沾着泥，上衣的袖子撕掉了一块，额上、脸颊上沁着鲜血，没等他开口，我已知道是怎么一回事了。严峻的形势使我对部下不能流露一丝同情和怜悯，我立即严肃地说："回去休息吧，今天晚上一定要进去！"

这天夜里，侦察班班长向我报告，他们已掩护张营长突破桂顽密集的火力封锁，通过了圩子外面的水壕，被三连接了进去。我心里的一块石头才算落了地。

第五天夜晚，参谋胡志彬突然把我叫了起来："参谋长，你看三连的信号！"我循着他手指的方向望去，果然看见远方升起几堆熊熊的火焰。

"他们是要求补给。"胡参谋说。我决定向旅部报告，准备派一支小分队插进去接济三连。这时电话铃响了，旅长陈庆先打电话告诉我，明天拂晓增援部队可以到达，要我们集结部队配合作战。

第六天黎明，我增援部队第五旅第十四团、第六旅第十八团和顽军接上了火。我带着支队主力一面警戒着日军的据点，一面从左翼配合主力反击。整整打了两天，顽军才在半夜溃退。

战斗结束后，我带着两个参谋直奔白龙厂。远远就看见三连阵地中间的那座大碉堡的顶子被掀掉了，圩子里外到处是弹坑，所有的房子都倒塌了，只留下些残垣断壁，圩墙的大门也被轰倒了，墙上弹痕累累，东南角的那个小碉堡被炮弹拦腰削去了半截。战士们正起劲地修补着工事，有些老百姓正在挖坑掩埋尸体。在圩子附近碰到了张云和三连副指导员张韬，听他们讲述这七天七夜是怎样战斗的。

桂顽一开始便以山炮、迫击炮、轻重机枪向三连阵地轰击，并在炮火掩护下，边修工事边向圩子逼近。三连全体指战员经过党支部的火线动员，士气高昂，在于副连长和张副指导员的指挥下，按预定方案分守大小碉堡和圩墙。由特等射手射击暴露的顽军，用地雷、手榴弹击溃靠近圩墙的顽军。顽军的进攻一次又一次受挫，而进攻的火力、兵力却一次比一次增强，有时一天进攻达七次。第二天中午，三连的厨房被顽军炮弹击中起火，锅灶被炸飞了。从那时起，连里就没吃过熟饭，饿了嚼生米，渴了喝生水。幸亏大碉堡下还有个水井，战斗再激烈也能有水喝。夜间，顽军偷偷地用从老乡家拆来的门板、桌椅、板凳填垫圩外的水壕，一班班长立即带领战士用手榴弹回敬顽军，一夜间打退了三拨儿企图填壕的顽军。第三天，敌人集中火力摧毁三连的工事，把大碉堡的上层打掉一半，圩墙的西门也被炸碎，战士们伤亡增多。顽军在火力掩护下，在圩外实施近迫作业，向三连步步紧逼。张韬带领支委们再次向战士们进行了思想动员，坚定大家的守备信心，鼓励大家为保卫抗日根据地立功，为牺牲的同志报仇。

第四天夜里，顽军以猛烈的炮火轰击以后，又派人到阵地前向三连喊话劝降。战士们怒不可遏，一枪把那家伙撂倒了。顽军还不甘心，又用石头把信扔进来劝降。随着战斗的日趋残酷，连队干部对打法产生不同意见。副连长主张先突围出去，以后再与援军一道打回来。副指导员坚决主张固守阵地，他说阵地失了再夺将会付出更大的代价。经过争论，副连长同意了副指导员的意见。就在这天夜间，他们发现圩外有一个人，战士问："谁?""张云。"来人答道。战士们喜出望外，放下绳子把张营长吊了上来。

张云带去了上级的指示和增援的喜讯，全连指战员情绪更加高昂。他们终于以英勇顽强的战斗迎接了增援部队的到来，取得了以少抗多、七天七夜坚守阵地的胜利，受到二师首长的嘉奖。

# 讨伐田岫山

刘亨云　张文碧

　　1945 年 5 月中旬，正当我区党委书记、纵队政委谭启龙率部西进，接应新四军苏浙军区第四纵队东渡富春江，进一步发展浙东敌后抗日斗争，迎接大反攻到来的时候，长期驻扎上虞地区的田岫山部，却在加紧策划和实现其第三次投降日寇的阴谋。

　　5 月 27 日，田岫山所属特务大队 300 余人，在参谋长郭玉鑫的率领下，出现在姚北日伪军据点第泗门的街头。他们一律穿戴伪军服装，佩戴"特遣部队"的臂章。经查明，田岫山投敌后，已被日寇改编为"中央税警团第三特遣部队"，并命令他们驻守上虞城（丰惠）、许岙、丁宅街、第泗门等地。一夜之间，上虞等地变成了敌占区，人民沦为亡国奴。消息传来，军民愤慨万分，纷纷请战。经研究，决定予以痛击。第一个行动是攻打第泗门。

　　只半天时间，我们便集中了余（姚）上（虞）地区的民兵、自卫队 2000 余人，主力部队更是争先恐后地要求突击任务。28 日晚，纵队领导决定由刘亨云带领三支队（欠二大队）、五支队和余上特务营执行这一任务。当晚，部队从梁弄出发。29 日拂晓，第泗门战斗打响，广大民兵奋力配合。战斗于当日下午结束，俘田伪 140 多人，毙伤数十人，残敌逃进周巷据点，后又潜回上虞。

第泗门战斗的胜利，大大鼓舞了军民的斗志。接着，我军又先后取得了鲍村、杜村、下管、老坝头、上沙岭等战斗的胜利。6 月 4 日，攻占了丁宅街，基本上完成了扫清田伪外围据点的任务，使许岙、上虞两地陷入孤立。这样，对这两个据点什么时候打、怎么打的主动权就完全掌握在我们手上了。此时，纵队领导及时提出：讨田战役，务必取得军政全胜。田岫山作恶多端、祸国殃民，群众对之深恶痛绝，我方兴师讨伐，顺乎人民的心意，这是事实。但是，在一部分群众和中、上层人士中，特别是在长期饱受田岫山挺进四纵队蹂躏的地区，也还存在着某些疑虑和糊涂的认识。

从我们自己方面来说，也有一些糊涂思想。有的埋怨，"早知今日，何必当初"。也有人认为，"打迟了，早就应该除掉田胡子"。针对这种思想认识，我们公开了何克希司令员与田岫山之间从 1943 年到 1945 年 4 月的来往信件——《从信札里看田岫山》。通过这些信件使人们看到，浙东游击纵队为了团结田岫山抗战，曾经做过多少努力，而田岫山又是怎样的反复无常、背信弃义。

针对田岫山长期顶着国民党军队"第三十师第八十八团"和"挺进第四纵队"的番号，标榜自己"抗日有功"的谎言，我们发表了《如此国民党军队》的专论。文章列举了田岫山三次叛国投敌的事实，公布了田岫山与日伪秘密来往的电文，揭露了其"国军与伪军一身二任"的丑恶嘴脸。

我们还开展群众性的控诉活动，控诉田部的血腥罪行。与此同时，我们广泛地散发了《告田部官兵书》，敦促他们赶快醒悟，脱离苦海，不要为田岫山卖命。

在军事上，我们也做了周密准备。关于先打上虞城还是先打许岙，纵队领导和支队干部做了认真研究，分析了利弊。认为驻上虞城部队由田岫山亲自指挥，守城部队是他的主力第二支队（两个大队），并配有迫击炮连、重机枪连、教导队，共计三个大队的兵力；城内四周建有大量碉堡、地碉等工事，又有城墙、护城河作为屏障，一时难以攻克。许岙由第一支队（两个大队）驻守，其余多系后方机关、眷属等非战斗部队，兵力较弱。当然，许岙是田岫山经营多年的老巢，称得上碉堡林立，也是不容易打的。但同时又暴露了分兵把守，便于我军各个击破的弱点。许岙由敌第一支队队长蔡广沄指挥，相比之下，蔡不善于指挥打仗。据此，纵队领导确定了"先打许岙，包围上虞"的方针。在具体部署上，确定由我们两人指挥许岙战斗，率领三支队一、三大队和警卫大队，于上特务营主攻许岙；五支队三个大队佯攻上虞城。这样，既利于我军集中兵力各个击破，又利于对付上虞、章镇方面敌人的可能增援。

6月7日，我们进抵许岙前沿阵地，当即召集支队领导干部上山察看地形。许岙位于上虞城南十多公里，是个四面环山的小村子，总共不过百来户人家，依山势分成内、外许岙。我们两人拿着望远镜观看，由远而近，由高而低，一个一个地数过去，见岙内大大小小的碉堡竟有 28 个之多，靠近村子的一些山头上，原先树木茂密，现在已经被砍伐得像癞痢头一样了。每个碉堡的四周都布满了鹿寨、篱笆。据调查，田岫山还给许多碉堡取了名字，什么钢打的"锦锋碉"，铁浇的"武德碉"，铜铸的"蒋山碉"，吹嘘他的防御阵地是攻不破的"马其诺防线"。他模仿日军守据点的办法，一个碉堡放上一个班、一个排的兵力，在地势上互为犄角，在火力配置上互相交差，互相呼应。那时，我们浙东游击纵队基本上没有攻坚经验，打过的几次攻坚战是屈指可数的，而且打的又都不是碉堡群，往往以奇袭奏效。这次是摆开来打，奇袭是不可能的了。说到攻坚武器，全纵队只有几门 82 毫米迫击炮，炮弹也很少。为了保证战斗的胜利，兵工厂的同志克服各种困难，赶造出了相当数量的子弹、手榴弹、刺刀和迫击炮弹，有的同志为此献出了宝贵的生命。

怎么个打法？通过开展敌前军事民主，进一步分析敌我双方的长短优劣。大家认为，应该利用敌人分兵把守，碉堡之间相互隔绝的弱点，避开其火力交叉的长处，多打夜战；

碉堡虽多，打一个少一个。于是，确定了攻打许岙的具体战斗部署：先打掉"太平碉"，突破敌前沿阵地；再打"蒋山碉"和"武德碉"，控制制高点；而后向敌人纵深发展，攻占田家山，消灭"锦锋碉"，解放许岙。

根据以上作战部署，三支队一大队三中队于7日晚上开始行动。他们沿着许岙东面的百丈岗前进，隐蔽地接近了敌碉堡，一举攻占"太平碉"，歼敌一个班。接着，警卫大队迅速投入战斗，于8日上午向蒋山村进攻，"投弹大王"鲁国俊接连投出几颗手榴弹，颗颗飞进敌碉堡，打得敌人在碉堡里乱喊乱叫。部队又很快拿下了蒋山村的两座"黄泥碉"。就这样，敌前沿阵地被我军突破，完成了战斗部署的第一阶段任务。

第二阶段任务是攻打"蒋山碉"和"武德碉"。8日下午3点，我三支队和警卫大队向"蒋山碉"发起攻击。这是个中型碉堡，分上下两层，守敌一个排。在它的背后是更高更大的"武德碉"，因为火力交叉，不易接近。我随即调来迫击炮连助战。炮连排长黄林根改曲射迫击炮为平射，连续几炮，打得敌人惊慌失措。步兵连充分发挥步枪、机枪和手榴弹的威力，打得碉堡里的敌人不敢露头。后来，有一发炮弹击中了"蒋山碉"近旁的草棚，顿时烈火冲天，并延烧到山上的茅草和碉堡四周的鹿寨、篱笆，形成了一道浓烟烈焰的火墙。傍晚，敌人看情况不妙，打开碉堡的大门，连滚带爬地逃向"武德碉"；逃敌遭我军火力杀伤。

"武德碉"高踞于群山之巅，由敌一个排守卫，武器精良。9日晚，我军曾组织几次进攻，未能得手。此时，许岙与上虞之间尚有电台联系。田岫山得知"武德碉"被围，咆哮如雷，下令许岙部队全力增援。10日拂晓，敌人纠集兵力，利用天色未明，山间云雾缭绕的有利时机，开始向我军疯狂反扑。三支队沉着应战，以杀伤敌有生力量为目标。他们高喊：不许有一个敌人进入"武德碉"！与此同时，我警卫大队更加严密地封锁"武德碉"，死死控制了碉堡近旁的水井、泉坑、伙房、厕所，叫敌人喝不上水，吃不上饭，拉屎拉尿尽在碉堡里。我们的决心是：敌人不投降，就把他们困死在碉堡里。

10日晚，部队捉住了一个从碉堡里出来偷水的伙夫，得知敌人已经断吃断喝20多小时，碉堡里死尸和伤兵挤在一处，随地拉屎拉尿，臭不可闻。我们向他宣传了新四军的俘虏政策，揭露了田岫山的罪恶，并给他吃饭喝水，写了一封劝降信，叫他送进碉堡。这是个老兵，连连表示："一定效忠，一定效忠。"并说连长是他的同乡，一定把信送到。就这样，碉堡里的30个敌人，在我军强大的军事压力和政治攻势面前土崩瓦解。他们举着枪，排着队出来投降了。"武德碉"的攻克，使我们控制了许岙的制高点，得以直插敌人的纵深阵地。

在执行战斗部署的第三阶段任务时，我们把五支队三大队调上去增援，采用"掏心战术"，直插敌人心脏。此时已打了四个昼夜，我们又争取了敌第一支队第一大队大队长蔡国玉、中队长杨玉贵等100多人的投诚。这说明了我军长期争取田部的政策是深得人心的。11日晚，我军占领了田家山村及附近的四座碉堡。残敌龟缩一隅，被我军重重包围。12日、13日、14日，我军连夜出击，曾一度突入许岙，破坏了敌人的一些军事设施。

田岫山，字锦锋。那个最大的碉堡就叫"锦锋碉"。"锦锋碉"高踞山顶，用石块砌成，有两层楼高，可瞭望四方，旁有厨房，存有充足的粮食、饮水和副食品，田岫山自吹为"天下第一碉"，田部指挥所就设在这里。这座碉堡中住有他家的祖宗三代，男男女女不下十余口，还有他的80多个不要命的卫士，两个最亲信的心腹——教导队队长和第一支队支队长在里面督战、指挥。

我们组织五支队七中队先拿下"锦锋碉"右侧山坡上的一座"黄泥碉"。这就造成了对许岙村的直接威胁，并切断了几座碉堡之间的联系，使"锦锋碉"陷于孤立无援的境地。此时，田岫山又从上虞城派出第二支队第二大队和教导队向许岙增援。15日上午，田伪集结许岙残余兵力和增援部队，一面向我田家山阵地连续发起反扑，一面向我五支队七中队2个班坚守的、刚刚攻下不久的"黄泥碉"发起冲击，先后连冲九次。我方共21人，战斗中9人英勇牺牲，其余全部负伤，情况十分危急。都曼令中队长和曹排长临危不惧，他们带着伤痛沉着指挥伤员坚持战斗。后来，因弹药告绝，奉命暂时撤离。当晚，我军再度占领"黄泥碉"。经16日、17日两晚的战斗，田家山残敌被肃清。18日，我们加紧对"锦锋碉"的包围，利用敌人挤在一处，饮食更为困难的弱点，积极开展政治攻势。纵队政治部组织科科长徐放、政工队杨奚等同志带领战士和民兵，逼近碉堡向敌人喊话。他们根据田岫山父亲在田部中是说一不二的太上皇的特点，指名道姓地要他答话，劝说他应该念及一家老小的性命，顾及跟随田岫山多年的兄弟们的性命，不要执迷不悟，落得个死无葬身之地的下场。

老奸巨猾的田父，一面表示愿意谈判，一面又有意拖延时间。口口声声地说，要到20日以后才能做出决定。显然，他是在等待儿子来解围。我们明白告诉他，日伪军救不了他，他儿子也救不了他。这时，何克希司令员来到许岙。他亲自给田父下书，说明只要交出电台，20日再做决定也可以。同时我们又布置"观杰中队"副中队长计金根率领一个突击班，携带短枪、手榴弹，向敌"锦锋碉"旁的伙房攻击。广大民兵纷纷赶来参战，他们背着一捆捆干柴、青松，提着一篮篮辣椒，在重机枪的掩护下，会同突击班一起钻进铁丝网，砍开竹篱笆，冲到伙房附近。接着便点火烧屋，并烧着了青松和辣椒，熏得敌人眼泪鼻涕直淌。

19日晚，敌人交出电台。20日早上，从碉堡内伸出了白旗，第一个举着双手出来的便是田岫山的父亲，后面跟着几个中青年妇女和放下武器的几十名伪军。不久，驻守许岙东北"永和碉"内的 1 个排的敌人，也携带轻机枪 2 挺、步枪 20 多支向我军投诚。接着，剩余的几个碉堡也被相继攻克。至此，历经 14 个昼夜的艰苦奋战，许岙战斗宣告结束，共歼灭田伪 1000 余人。

困守在上虞城中的田岫山，失去了与许岙的通信联系，情知不妙，可他还巴望着国民党部队来挽回他的败局。正在这时，保持中立的张俊升部队连连告急。国民党顽固派在田岫山投敌后，不去声讨田伪，而在我军讨伐田伪时，却来增援田岫山，攻击不愿与田岫山合流的张俊升，这不是明目张胆的伪顽合流又是什么呢？此时，国民党天台"绥靖"指挥部共调集约 10 个团的兵力，向北推进，妄图与日伪军呼应，对我军实施南北夹击。北上的顽军，首先拿张俊升开了刀。21 日，顽军分头袭击张部驻地的章镇、南堡、汤浦。22 日占领汤浦。接着，顽军转兵北上，迅速与田岫山取得联系，并猛攻我军丁宅街阵地。27 日，顽军不顾我军再三警告，侵占丁宅街和官山村一线，当晚 7 点，我三支队、五支队分两路出击，打得顽军仓皇退却。28 日，我军继续发起攻击，将顽军击溃。当晚，我军的攻击更加猛烈，迫使顽军全部撤至曹娥江西岸。29 日晨，我军进占章镇、南堡。接着，纵队副司令员张翼翔率主力一部，西渡曹娥江，30 日在嵊东的西谢、下岙一带追上顽三十三师和浙保五团，激战五个小时，顽军全部被击溃，俘顽军 300 余人，残顽向南逃窜。

田岫山眼看顽军增援已无希望，于 6 月 30 日凌晨率残部弃城西窜，至此，上虞回到人民的手中。从 5 月 29 日攻打第泗门开始，至 6 月 30 日上虞城解放，讨田战役共进行了 33 天。上虞解放，不仅使得三北、四明、会稽地区连成一片，浙东和浙西连成一片；而且巩固和扩大了浙东抗日根据地，为后来的纵队顺利北撤奠定了基础。

　　7 月 6 日，田岫山所率残部，在嵊县开元附近又遭我军沉重打击，生俘其官兵 200 余人，仅田岫山及其少数随从得以逃脱。新中国成立后，这个多年与人民为敌的田岫山，终于被缉拿归案，并交给四明山人民审判，处决于当年浙东游击纵队司令部所在地的梁弄，浙东人民无不拍手称快。

# 澉浦背水突围战斗[*]

王　胜　邱相田

日本投降后，为了实现全国人民要求和平的愿望，毛主席亲赴重庆谈判。中共中央决定我新四军浙东游击纵队及地方党政干部，照顾大局，忍让北撤。

根据新四军军部的命令，浙东纵队各部队迅速到三北（余姚、慈溪、镇海北部）地区的古窑浦、周巷、临山一线集结，准备渡海北撤。

浙东远离苏北老根据地，面临杭州湾和长江天险，又受到沪杭、沪宁铁路线的封锁。为防止国民党军中途拦击，浙东纵队领导决定：积极准备，兵分三路横渡杭州湾北撤。纵队司令员何克希率第五支队和起义不久的第二旅渡杭州湾经浙西北北撤，以掩护本部和其他部队。

1945 年 9 月 28 日拂晓，国民党九十八军一个团，在

---

＊　本文原标题为《记澉浦背水突围之战》，收录时做了适当修改。

"浙保"及伪军配合下，突然袭击我周巷驻军正在进行渡海准备的第五支队，妄图歼我于杭州湾南岸。我五支队一大队指战员们起床后刚刚出早操，便在一片枪炮声中，被迫就地抵抗，与顽军展开了激烈的战斗。顽军几次疯狂的冲击都被我们打了下去。天亮以后，顽军组织了更多的兵力，在密集的炮火掩护下实施强攻，曾一度打到了大队队部门前。

为了粉碎顽军的进攻，必须给以狠狠的回击。支队长王胜和政委邱相田等决定全线出击。三个大队在炮火掩护下勇猛出击，经过4个多小时的激战，我部予顽以重大杀伤，并俘房顽军100多人，缴获轻重机枪十余挺、长短枪200多支和大批弹药物资。

周巷战斗的胜利，粉碎了顽军企图消灭我主力于杭州湾南岸的阴谋，巩固了浙东纵队渡海北撤的出发阵地，掩护了北撤部队的安全，为我部赢得了北撤的准备时间。

周巷战斗后，第五支队移驻在姚北临山一带，根据纵队的北撤部署，本拟立即渡海，因受台风影响，在渡口附近集结待命。10月3日，何司令员接到几天前北渡到海宁县黄湾的我第二旅的电报，得悉他们在黄湾遭到国民党部队骚扰后已转移到澉浦。这时，台风已过去，何司令员便决定率领五支队和上虞自卫大队及部分地方党政干部，当天从临山北渡澉浦，同时电告二旅。下午4点后，各部队按计划上船完毕，在何司令员的号令下，扬帆起航，向澉浦进发。

澉浦，三面环山，一面临海，周围筑有两人多高的土城，是杭州湾北岸浙江海盐县的一个重要集镇。

经过一夜的航行，何司令员和他的纵队指挥所乘坐的大帆船，在10月4日凌晨到达澉浦东门外青山海滩。刚登陆，从澉浦方向传来了几声清脆的枪声。何司令员立即带领随行的参谋人员、侦察员、通信员和临时担任警卫的五支队一大队一个班，共30多人，大步向澉浦奔去。从登陆点到澉浦城只有1公里左右，很快就到了，却未见二旅部队。

出发前，原计划五支队在澉浦登陆后休息待命。然而由于上船后无法通报，与二旅通信中断，情况不明。此时此地，何司令员立即命令侦察员搜索警戒。他和纵队司令部科长周毅在十字街口就地摊开军用地图研究。突然，发现顽军进入西门和北门，向我方搜索射击，并已接近十字街口。当时五支队尚未进城，情况万分危急！在这千钧一发的紧急关头，何司令员沉着镇定，当机立断，亲自指挥侦察员、通信员和警卫人员立即进行反击。那些久经抗日战场锻炼、英勇机智的战士们，在这危急关头，迅即以势不可当、压倒一切的气概，发扬猛打猛冲猛追的精神，向数倍于己的顽军发动了猛烈的冲击。枪声就是命令，不久五支队一大队二中队的一个排和三大队七中队的一个排先后登陆，上岸后也跑步进城，主动配合进城部队向顽军反击。

这股顽军是先头搜索部队，约一个连。他们刚刚进城，就被我打得措手不及，四下狼狈窜逃。逃得慢的两个班，便做了我们的俘虏。陆续登陆的五支队一大队两个中队听到枪声以后，在大队长张季伦和教导员蔡子悟率领下，也紧接着跑步进城，乘胜追击顽军，并顺利地占领西门。六中队也迅速地进入南门，扩大战果，协同占领了整个澉浦城。这样，局面暂时转危为安。

从俘虏的口供中得悉，进城的是国民党的第九十八军，从余姚经杭州车运来此。又是这个第九十八军！何司令员和周科长这才意识到，顽军未能在杭州湾南岸周巷阻拦我部北撤，现在又企图把我们包围消灭在杭州湾北岸，用心十分险恶。

上午9点左右，澉浦南门外的长山制高点被顽军占领。顽军以火力封锁海面，直接威胁我军后续部队的登陆。10点钟，顽军在密集炮火掩护下，从西南、西面、北面同时开始向我军发起猛攻，遭到我军坚决回击，顽军丢下很多尸体，退至葫芦山、翠苹山、凤凰山、扇子山一线高地，与我军对峙。我们已被顽军包围了。

由于情况发生变化，且五支队大部尚未登陆，何司令员随即电告新四军军部和苏浙军区粟裕司令员。不久，军部来电，指出我部当面之顽有4个师，澉浦周围有7个团的兵力。情况相当严重，何司令员思考着这样一个严峻的问题：我部能不能抵挡得住十倍于我且控制着有利地形的顽军连续的猛烈进攻？五支队能否突出重围？全纵队能否完成党中央交给的北撤任务？何司令员召集支队长王胜、政委邱相田、参谋长曾阿缪、政治处主任江志华等研究情况，商量对策。

他最后认为：我们只能针锋相对，立足于打。要扭转被歼的危险战局，必须以攻为守，杀出一条血路，才能突出重围。这是唯一的出路。他的意见，得到了五支队领导的赞同和支持，于是决定上午坚守溆浦，下午组织主要兵力夺取扇子山和隐马山，为晚上突出重围创造条件。

顽军连续向溆浦猛扑，都遭到我军坚决回击，伤亡惨重，不得不暂时收缩兵力，准备组织更大规模的进攻。上午11点左右，国民党前线指挥官、九十八军军长段霖茂，派人送来了一封逼降信。信中说：你们已被团团包围，处于前无援兵、后无退路、山穷水尽的境地，……限你们在12点前投降，否则玉石俱焚，悔之晚矣！……顽军口气之狂妄，气焰之嚣张，令人发指。这是他们的"最后通牒"，看来一场更加激烈的战斗还在后面。

这时我军后续部队已先后到达溆浦，何司令员通知除担任守备任务以外的各部队立即集中到城内一块广场上，由他亲自做紧急战斗动员。在这紧急关头，经他慷慨激昂、富有鼓动性的临战动员，广大指战员群情激愤，信心倍增，誓与顽军决一死战。

会后，我们五支队的领导同志随即找各大队干部进一步明确任务。各部队纷纷要求争当突击部队，坚决拿下扇子山、隐马山。原来打算要一大队留两个中队固守西门，抽一个中队配合三大队反击夺取扇子山、隐马山。当时张季伦大队长表示：为加强攻击力量，他们大队可以抽出两个中队实施反击，只留一个中队和上虞自卫大队镇守西门。张大队长在紧急关头，表现了顾全大局、勇挑重担的高尚风格，得到了何司令员的赞扬。最后决定：由第一大队大队长张季伦与保卫股股长杨干率领一、三中队夺取扇子山；由政委邱相田和三大队大队长梁爱博率领三大队夺取隐马山，并组织火力支援一大队夺取扇子山；二大队则负责防守溆浦北门，并做支队的预备队，在一、三大队攻击扇子山和隐马山时，向阁老山和翠苹山方向佯攻，以牵制分散敌人兵力。

这期间，控制各个山头的顽军，也在频繁调动，重新部署。下午 2 点左右，一、三大队（各欠 1 个中队）随即分路出城，飞快地越过沟渠，冲过开阔地，冒着顽军的炮火运动到扇子山、隐马山下。当距制高点三四十米时，我军突然发起冲击。虽然顽军利用有利地形和优势兵力、火力，居高临下，极力阻我军进攻，但我英雄健儿，冒着猛烈的火力，顽强地接近顽军。顽我双方短兵相接，顿时枪声、手榴弹的爆炸声以及喊杀声，响彻山野。仅用了 20 多分钟时间，我一大队就占领了扇子山主峰东侧一线高地，并乘胜向扇子山攻击。但是，翠苹山、隐马山一线的顽军，集中了几十挺轻重机关枪和各种火炮，向一大队猛烈扫射和轰击。接着，一两百个顽军在优势火力掩护下，向刚攻占山头的三中队反击。三中队中队长唐思根左手负伤后，仍率领战士们在密集的手榴弹、炮弹爆炸中，一次次与顽军展开了拼杀。

这时何司令员正站在北门城头上观察战况，忽听他的警卫员陈建华高声呼唤："何司令，您看，那边是不是顽军的炮兵阵地？"何司令员举起望远镜顺着陈建华指的方向看去，说道："那是扇子山与翠苹山之间的一个突出部，不单是他们的炮兵阵地，而且还是他们的指挥所呢！"机不可失，何司令员立即亲自指挥机炮连，把从周巷伪中警团那里缴来的两门日式曲射炮和 82 毫米迫击炮抬到城墙上面，直接瞄准打击顽军。炮弹连续不断地在顽指挥所的人群中爆炸，打得顽军乱作一团。他们的大炮也给我们打哑了。何司令员接着又命令炮兵火力转向扇子山，支援一大队，顽军也不断组织重兵进行反扑。顽我双方在扇子山、隐马山展开了空前激烈的拉锯式争夺战。

何司令员根据一大队伤亡较重的情况，及时命令二大队五中队中队长顾宝善带领一个排支援一中队阵地。他们立即冒着密集的火力跑步前进。由顾宝善组织指挥一中队十多个战士、三中队一个机枪班和五中队临时编组，坚决夺取扇子山主峰。后来，何司令员又将在北门待命的机动部队二大队四中队投入了争夺隐马山的战斗。在争夺扇子山、隐马山的过程中，我们的干部和党员带头冲锋在前，负伤不下火线，大家奋不顾身，拼死搏斗，同志们只有一个念头："只有向前，才有生路！"经过反复八九次的惊心动魄的争夺，我军终于在黄昏以前完全占领了扇子山、隐马山，顽军遭到惨重杀伤后，不得不退缩到阁老山、翠苹山、大山一线。

天黑以后，枪炮声稀疏了。部队立即抢运伤员，掩埋牺牲的战友，调整组织，补充弹药，准备再战，这天的第一顿饭菜也在这时才陆续送到阵地上去。可是就在这时，一个多连的顽军，利用夜幕，偷偷爬上隐马山 106 高地，袭击正在吃饭的三大队九中队阵地。在一阵激烈的枪炮声中，106 高地被顽军占领了；这不仅会造成顽军的火力直接威胁扇子山的一大队阵地，而且将会封锁我军整个部队向北突围。九中队的指战员们深知 106 高地事关全局，他们下定决心夺回来，在兄弟部队支援下，中队长张华云、指导员夏白以自己的模范行动带领战士们，经过反复冲杀，终于重新夺回了 106 高地。106 高地的失而复得，保障了我部夜间向北突围的重要通路。

攻占扇子山、隐马山和重新夺回 106 高地以后，何司令员即召开干部会议，对一天的战况和敌情做了分析，并研究下一步行动方案。大家认为，战斗已整整打了一天，伤亡又很大，弹药已消耗过半，顽众我寡，守下去于我军不利；且我军已攻占扇子山、隐马山和 106 高地，突围已有缺口和依托，必须坚决突围，何司令员决定：要做好强攻和巧突两种准备。首先要充分利用黑夜，利用顽军不敢夜战和不敢连续作战的特点，从两个山头的接合部之间走田间小道悄悄地突出去。如巧突不成，则转为强攻，拼命杀出一条血路。突围前，根据何司令员的指示，对部队又进行了一次简短的动员。宣布了三个不准：不准掉队，不准抽烟，不准大声说话。要求全体指战员一律轻装，减少辎重担子，把多余的武器尽量带走。机要员用的密码本也都做了随时焚毁的准备。尽力运走伤员，并对部分重伤员分别做了安置。当我军做好突围前的准备工作时，已经接近午夜了。

突围时，正是黑夜茫茫，细雨蒙蒙，道路曲折泥泞，伸手不见五指。部队由二大队担任前卫，在当地向导带领下避开村庄，走弯弯曲曲的田间小道，静悄悄地搜索前进。指战员们由于经过前一夜海上航行，又经过整整一天激战，有的连一顿饱饭也没有吃上，刚从前线撤下来，都非常疲劳，有的一停下来马上就睡着了，有的一边走路一边还打瞌睡。

部队走了半小时左右，突然遭到前面村庄里顽军火力的阻击；山头上顽军的机关枪也盲目地扫射起来。部队不得不停止前进。经侦察，原来是二大队的管理员和理发员掉队后，没有按照路标指示方向走小路，而是顺着海堤撞到大王桥顽军的哨所，后面的支队机关人员也跟着走错了路。顿时，在缺乏战斗经验的机关勤杂人员中引起了一阵混乱。此时，何司令员镇静地命令部队停下来，叫大家务必沉着，不要打枪，寻找路标。后来沿大北山和小北山之间一条曲折的田埂小路，向北方向继续前进。

经过半夜紧张的行军，在天将微明时部队才越过顽军驻守的山区。这时，我们背后传来了隆隆的炮声和激烈的机关枪声。这是顽军对澈浦发起"总攻"了！他们没有料到：这时的澈浦已经是一座空城了！他们千方百计想要消灭的我新四军浙东纵队，在司令员何克希的指挥和当地人民群众的支援下已胜利突出了重围。历时一昼夜的澉浦血战，我浙东纵队第五支队付出了重大代价，伤亡共 223 人。一中队中队长陈大德、二中队指导员林大慈、七中队指导员石磊等同志都在这次战斗中光荣牺牲了。正是他们以自己的鲜血和生命，换来了整个部队的胜利突围。

澉浦突围以后，部队经海盐县三官堂，到平湖县新埭休整。原来我们准备由新埭向北，在嘉善与松江之间过沪杭铁路后，直接去青浦县集结。但这时国民党在铁路沿线又布下重兵拦阻。我军随即改变计划，向东经金山县亭林，到奉贤县我浦东游击区的青村港。次日，我们即西渡黄浦江，在莘庄车站附近越过沪杭铁路后，到预定的中途集结点青浦县重固镇，与早已到达的兄弟部队胜利会师。

到重固的第二天，我们又继续北上越过沪宁铁路，在浒浦北渡长江后到达苏北。

澉浦战斗，是我浙东纵队北撤途中的一次关键性的战斗。我军的胜利突围，彻底粉碎了国民党歼灭我军于北撤途中的罪恶阴谋。这次战斗由于牵制了敌人的大量兵力，从而有力地保障了整个纵队的胜利北撤。

# 解放阜宁城<sup>*</sup>

洪学智

阜宁，地处苏北平原，在射阳河与串场河的汇流处，是南通赣榆公路的交会点，南毗盐城，西邻两淮（淮安、淮阴），北与连云港接壤，是为盐阜区的经济、军事要津。日伪军长期盘踞这个要地，成为突进我盐阜抗日根据地中心腹地的一个钉子，并作为其加强南京外围防卫的前哨。

驻守阜宁之敌，是汪伪第二方面军孙良诚部的王清翰第五军，号称"老中央"，辖四十二师和暂编三十三师（师长孙建言），共7个团，5200余人，加上地方军警400余人，共计5600余人。

伪五军王清翰部增防阜宁后，筑有护城河、外壕、铁丝网和巷战掩体工事。在城内外设大小据点21个。据点筑有围墙、水圩和炮楼（5个以上），设有地下室和秘密枪眼。

---

* 本文原标题为《阜宁战役》，收录时做了适当修改。

各据点间步枪都可以打到，互相支援，策应封锁，构成阜宁城南北约 45 公里、东西 15 公里的狭长坚固的设防地带。南与盐城伪四军赵云祥部相呼应，西与两淮的潘干臣部和吴独膀子（吴漱泉）部相呼应，北与响水口的徐继泰部相邻。用敌军长王清翰吹嘘的话来说，阜宁城是"固若金汤，万无一失"。

黄克诚师长以稳重著称，决策事情都要有充分的根据。此刻，他在小屋里来回踱着步子，沉思着攻打阜宁的有关问题。最后，他终于在小方桌边停了下来，向我投来炯炯逼人的目光，问："你有把握吗？"一听黄师长问我这个问题，我就把路上早已考虑好的各方情况、布置和打算，掰着手指头，一五一十地向黄师长说了出来。

黄师长听着我的回答，不住地点着头。看得出，他是在权衡利弊，缜密分析。他说："我们打了敌人，敌人会不会来报复呢？"

我说："你是老虎，谁都怕你；你是绵羊，谁都欺负你！对于敌人的报复，我打算……"

黄师长听完我的汇报，忍不住笑了起来，说："你真是个铁匠！火红锤子硬。"他站起来，说："我们再好好研究研究。"

阜宁城的敌人虽然设防比较坚固，而且具有一定的战斗力，但敌人的弱点是兵力分散，有利于我军各个击破。阜宁伪军已失去日军撑腰，且在交接防务之际，王清翰与孙建言矛盾重重，影响协同。城内粮草缺乏，士气低落，难以久守。前几天的晚上，一个光屁股的伪军跑过来说："长官不让我们穿着裤子睡觉，怕我们逃跑。我们恨死他们了。"这样的部队，还能有什么战斗力？依据周围敌情，两淮、盐城敌人在两三天内驰援可能性不大。如果我军集中优势兵力，配合火炮，先扫清外围据点，然后攻城，夺取战役胜利是有希望的。

我对黄师长说："打阜宁，既是群众的愿望，又符合形势要求，还是我们三师发展壮大的需要。七旅、八旅各缺一个团，装备这两个团的武器，也只有从敌人手中夺取了。"

黄师长强调：这次战役是苏北地区的第一次攻城战，意义不凡，不可轻敌，一定要集中优势兵力。主力部队只有八旅参加不行，要把十旅主力两个团从淮海区调来，两个旅要协同配合好。另外，要集结盐阜地区各县独立团参加，主力部队与地方部队协同配合好。同时，动员大量民兵、民工、人民群众全力支援。

为了充分做好战役准备，黄师长还要我把供给部部长刘炳华、卫生部部长吴之理找来，布置了后勤保障和战时抢救伤员的任务，并严肃地对供给部部长说："限你在五天以内筹足粮食，送到部队，否则，就开你的公审会。"

军令如山。刘炳华赶紧准备去了。

我们又把敌工部部长找来。当时，三师的敌工工作可以说是呱呱叫。秘密工作人员仇学元同志隐蔽在敌人老窝里收集了大量的情报。阜宁县的伪代理警察局局长田焕是我们的内线，他在阜宁城内上层人士中具有一定影响，人称田大先生，是1942年经敌工部门周密安排进去的。他到任后广交朋友、拜把子，结交"金兰之好"十余人，形成了一股力量，可以随时把我军的信件塞到敌人军政首脑人物家里。

最后，黄师长说："老洪，你担任前线总指挥。"

这样，在兵力部署上，我又具体做了安排，将整个战役分为肃清外围和攻城两个阶段，战役发起时间为4月24日晚上10点。

4月22日，命令下达后，三师主力和地方兵团共计11个团的兵力，悄悄地向苏北重镇阜宁城以及城外各个据点侧翼运动，迅速集结。

与此同时，侦察科科长宋振鼎搜集了伪五军四十二师、暂编三十三师和伪军保安大队兵力分布情况，连夜赶绘了阜宁伪军城防工事及轻重武器阵地详图。师部参谋处测绘员汪广贞、八旅侦察股股长王少林，深入敌据点观察了敌人城防工事。师部作战科科长张兴发，化装成拾草的农民，在阜宁据点外围，侦察地形、地物，选择了攻城部队的进攻路线。我们还控制了日伪在阜宁城的四个情报组，使敌人变成了聋子、瞎子，使他们对我们的战役准备毫无察觉。我十旅远从淮海东调，目标很大，但敌人一无所知。当我军打响外围据点时，伪三十三师师长孙建言还在美滋滋地大摆酒宴，举行婚礼呢。

后勤保障和战时抢救伤员的准备工作也在昼夜不停地进行。阜宁、阜东、射阳和建阳四县动员组织了数万民工，担负侦察、向导、警戒、押送俘虏及平毁碉堡等战勤任务。尤其是阜宁县的广大人民群众，早就盼望着这一天了，一下子组织了1万多名民工随部队服务。战前，各部队对敌展开了政治攻势。从射阳河沿岸的钱庄、路庄，用小木架载着宣传品顺水蹚入阜宁城，在各个据点附近组织喊话队，宣传抗日形势，动员伪军官兵向人民投诚。经我军强大的政治攻势，仗还未打，先后已有100多名伪军从据点逃出向我军投诚。留在据点内的伪军也受到影响，士气低落，斗志涣散。

24日天黑后，部队从南窑、板湖、单家港等地急行军到达阜宁城边缘。以公路为界，八旅在路西包围了头灶、七灶、掌庄三个据点；十旅在路东包围了大小顾庄。

那天晚上月色很亮。八旅特务营在阵阵的狗叫声中分三路将头灶包围，迅速构筑工事和炮兵阵地。头灶离阜宁城很近，敌人还以为是民兵骚扰，骄傲地在圩子里唱小调。"妈的，叫你们唱！"特务营用迫击炮"轰隆"一声，炮弹在6米多高的炮楼半腰开花。部队随即以迅雷不及掩耳之势发起冲锋，突破围墙防线，激战不到10分钟，全歼伪三十三师的一个中队，残敌成了阜宁战役的第一批俘虏。

首战告捷，掐断了城北各据点敌人退缩城内的通道，对其他据点的敌人心理上是一个震动。但是，七灶战斗打得很艰苦。

七灶位于头灶正北 3 公里处。在解决头灶的同时，二十四团第三营和特务连对七灶之敌完成合围。据点内共有从东西串联一起的三个圩子，驻有伪三十三师的一个独立大队。为防止敌人南逃，主攻方向选择在圩子的西南角，营长田晋杰带领十连担任主攻。临时加强的 5 门迫击炮置于七灶西南60 米处，作为发射阵地。

炮火打响后，各连队冒着弹雨，越过水田麦田的开阔地段，迅速推进。主攻方向依托水沟南面的几座民房，在火炮和机枪的掩护下向敌发起冲击。不料圩子下有一条很深的水沟，指导员杨竹林带着队伍涉水过沟，但由于月光太明，目标太暴露，受到敌人的猛烈阻击。我得知七灶方面不顺利，很焦急，打电话到八旅询问情况。张天云旅长即给田营长打电话，告诉他把火力组织好，选好攻击位置，同时又增调了2 门迫击炮，集中全旅的 7 门火炮分别对东南、正南、西南三个方向采取抵近平射。随即，4 个连队同时发起第二次冲击。敌人用机枪封锁水面，十连连长被击中，沉到深水中。特务连对准目标平射，摧毁圩墙和炮楼，随即从西北方向突入，占领了敌前沿工事。十连战士在呐喊声中冲上去，将三角钩刺入墙内爬上圩寨。这时，伪大队副还在圩沟里叫嚷："天快亮了，不要怕，增援就来了。"战士李得胜一枪将他撂倒，后边的战士冲过去把敌逼到一座三合头瓦房里。至凌晨 5 点，全歼守敌 230 余人。

25 日零点，十旅四支队包围了大顾庄据点。有一个营进到了小顾庄南，担任对阜宁方向的警戒。大、小顾庄位于头灶东侧，敌人火力强，工事坚固。头灶、七灶已经解决战斗，大小顾庄方向却不见动静。如果搞不下来，影响了攻城，那就造孽了。我骑着马赶到那里，发现强攻对我们不利。经同十旅旅长刘震、支队长钟伟研究，于凌晨3点30分开始，组织了一次20分钟的佯攻，消耗、疲惫敌人。拂晓时，突然实施猛烈炮击，连续摧毁敌人7座炮楼和一些火力点，使敌人失去依托。这时，伪大队长朱涛偷偷从圩墙上往外看，被我军战士一枪击中，敌人失去指挥，军心动摇。我们当即组织战场喊话，在我军火力打击和政治攻势双重压力下，25日上午10点，大顾庄伪军200余人向我军缴械投降。我和刘震登上据点的圩墙时，见朱涛的肚子在一起一伏，还没断气。

下午3点，掌庄据点在二十四团一、二营攻击下，敌营长率200余人向我军缴械投降。这样，先打外围的作战意图便完全实现了。眼下，阜宁城内的敌人已成为瓮中之鳖。

25日清晨，天下起了蒙蒙细雨，雨点打在人们的脸上，有些凉丝丝的感觉，脚下也打起滑来了。阜城敌人从一早起，就在北门大炮楼内用望远镜观察我军的动态。在阜宁城北300米处，有一片埋着上万人的荆棘丛生的乱葬岗。二十二团就埋伏在坟包中间，我当即给他们下达命令："敌人可能增援大顾庄，敌人如果出来，就坚决把他们消灭在城外。"

"看，城内的敌人出来了!"不知是谁喊了一声，我们的目光一齐转向南边。可不，敌人有1000多人黑压压一片，吹着冲锋号，出北门过大桥，呐喊着向大顾庄方向奔来。我见此情景，立即让埋伏的一支队往后撤，好让敌人跑远一点再攻击。不料敌人先头部队还没有跑出半里路，就同我攻占了大顾庄的四支队接上火了，早已等待在那里的二十二团、盐阜独立团、十旅一支队也耐不住性子，跳出来从敌人身后像剑一样插过去。敌人一看我军断其后路，立刻惊恐万状，扭头就往回跑。兵败如山倒，伪军督战队鸣枪，也阻止不了潮水一样涌回的伪军。

战前，考虑到攻城的艰巨性，二十二团的一个连化了装，穿上了伪军的黄衣服，由阜宁县大队派的向导带队，准备伺机混入城中。这时，双方部队一接火，他们就跃出乱葬岗，混入伪军中，向着北门大炮楼方向冲去。

二十二团副团长黄经耀随团前沿部队行动，当即下令追击。该团四连是打援的最前哨，战士们忘记了一夜的疲劳猛攻猛冲，因为一夜没有休息，追击又太猛，敌人跑不动，我们也跑不动了。排长杜学明冲在最前头，见此情况，他就指挥战士夺敌人的机枪，四班先夺了一挺，他又指挥六班夺了一挺，两挺机枪一响，敌人血肉横飞倒下一片，跑不动的就举着枪投降。跑在前边的伪军仓皇地跳入护城河，泅水向城内逃窜。杜学明马上想到这是一个进城的好时机，倘若不顺势追击进城，让敌人占据了北门大炮楼，我们再攻城，伤亡就大了。此时，连队已经吹了停止号，他来不及请示连长，带领二排尾随追击。一部分伪军伏在环城河边阻击，企图掩护逃入北门的伪军占领北门大炮楼，杜学明让五班用火力压制住敌人，敌人目的没有达到，被迫过河逃入圩里。

环城河有 3 米多宽、2 米来深，我们的战士大多不会水，站在河边犹豫了。杜学明也不会水，但他跳下河，从河底走了过去，战士们随后也纷纷下水，从东北角跟踪突入城内。这时，另外两个连也过了河，跃上北门的土圩，从东西两个方向迂回北门大炮楼，猛烈地向炮楼投弹。由于我三个连队的迂回，大炮楼成了突出部，敌人不敢占领。十一连六班见敌混乱，乘隙捣虚，一举攻占北门大炮楼，迫敌退守小南门东西地区。这样，我军就抢先占领了北门制高点，把敌人坚固的城防打开了缺口。敌人妄图夺回失守的阵地，逐次增兵，拼命反扑，均被我军击退。二十二团又不断扩大缺口，乘机往城里攻，进行白昼巷战和强攻圩塘。不久，就占领了位于城北的清静庵。后园守敌处境孤立，在我阜东独立团紧追下，于 25 日下午 1 点退守城内。

这场伏击战，虽然未能在城外全歼增援之敌，但参战部队顺手牵羊，及时地捕捉和创造战机，机动灵活扩大战果，攻占了北门大炮楼和老城部分据点，为下一步的攻城战，打开了一条可以大路直进的方便之门。至此，胜利结束了阜宁战役的第一阶段。

师指挥所移至阜宁城下的窑桥。我们师、旅的领导都上到北门大炮楼，居高临下，用望远镜观察瞭望城内形势和敌人动态。这座古城，东西长约3里，南北宽约1里，东宽西窄，形状像盒子枪，北面为老城，南面为新城。从大炮楼到新城的小南门约半里，均为鳞次栉比的砖木结构平房，新城内有一条贯通的南北大街。敌人正在乱糟糟地赶修工事，城东南有耶稣教堂和天主教堂，是敌五军军部。水龙局在城东，大浦桥在城西，是敌人两个重要据点。射阳河像一条光带，从城南蜿蜒而过。我们商量如何攻城，大家都感到战役的态势比预想的要好，谁能想到这么快，就能够站在阜城的制高点上研究如何夺取它呢？

现在，部分城区已被我军占领。敌人防御体系被我军分割，军心浮动，已造成了我军攻城的极为有利的条件。因此，绝不能给敌人以喘息之机，应该立即发起攻城战。我当即报经黄师长同意，调整了部署，命盐阜独立团占领南北大街，将阜城拦腰截断，四支队向大街以东地区进攻，一支队位于城东配合；二十二团向大街以西龙王庙区域攻击；八旅特务连由清静庵向南直插河边，断敌退路；阜东独立团由后园逼近大浦桥河边，配合友邻部队作战；八旅二十四团集结于朱巷附近待命。考虑到巷战和攻打据点的特点，我要求各旅团要注意充分发挥工兵和炮火的作用，攻击时先用炮火摧毁敌人工事，为步兵开辟冲击的道路，以动摇敌人坚守的信心。

25 日下午 3 点，战斗打响了。八旅、十旅主力和盐阜独立团，先后从北门冲进阜宁城，按着各自的攻击方向，以排山倒海之势，向城内伪军发起全面攻击。当日，天气阴沉，我军步炮配合，与敌展开逐个炮楼激战，逐屋与敌争夺，整个阜宁城被淹没在炮火烟雾、枪林弹雨和我军英勇战士们的冲杀声中。小南门龙王庙大圩里的敌人把几座民房连接起来，筑起 6 米多高的砖圩子，二十二团的前哨部队一接近，敌人就投手榴弹阻击。投弹组冲进圩边同敌人对掷手榴弹，手榴弹炸起的烟雾使人看不清对面的敌人。架梯组的勇士们把梯子架上围墙，第一个勇士猛冲上去，拉出手榴弹正要投掷，被敌人刺刀刺中眼睛跌下梯子。紧接着第二个、第三个……我们的战士终于上去了。战士董标登上圩墙，一眼发现一个伪军正准备架起机枪向我军扫射，他连忙甩过去一个手榴弹，炸倒射手，夺取机枪向圩内猛扫，掩护战友冲入敌阵，敌人顿时乱了阵脚。二十二团乘势突入圩内，冲入敌营房，向左右拉开，越墙走壁，穿墙打洞，与敌展开巷战。到当天中午，二十二团的前哨部队已在离小南门 30 米处筑好了工事。南北大街是一条两三米宽的街道，在大街作战的盐阜独立团用手榴弹开路，掏墙洞前进，使南北大街两边的房屋互相贯通。他们首先抢占了屋顶制高点，架起机枪，以火力压制敌人后退，掩护后续部队冲入街道。经过两个小时的激战，敌人的阵地和据点逐一被我军摧毁，龙王庙和南北大街以及大片城区已被我军占领，敌人伤亡惨重大部被歼。

这时，参谋领来一个民兵，说沟安墩方向有大约 2 个营的伪军增援来了。我赶紧叫一个领导干部带 1 个营到射阳河南，结果这位同志未能完成任务，增强射阳河南侧兵力的意图没有实现。后来，敌军长王清翰重伤后仍能跑掉，这是一个原因。

25 日下午 6 点，四支队在炮火掩护下，一举攻占了城东据点三官殿。晚上 10 点，该支队向三官殿东侧的水龙局守敌发起猛烈进攻。连续冲击两次，与敌人展开白刃格斗。但因据点内敌人兵力集中，拼命顽抗而受阻。当时部队有些急躁情绪，支队长钟伟让部队先进行近迫土工作业，以便稳扎稳打，逐步推进。他们完成工事构筑，发起攻击时，我告诉钟伟把从一师借来的山炮用上。他们把山炮推到炮楼很近的地方，从炮膛里直接瞄准炮楼目标。第一炮打偏了，打塌了伪军一座营房。第二炮打得准，正好打掉了炮楼的一个角，炮楼一下塌下去了。在炮火轰击下，我冲击部队乘机迅速架梯，像尖刀般直插圩墙。但是，敌人依仗其坚固工事和有利地形与我军顽抗。我军第一次架梯，五个人阵亡四个，后续梯队前仆后继，排长负了伤，班长继续冲；班长负了伤，三个副班长紧接上去；副班长负了伤，战士们英勇地自动代替。第一次冲击未成，再组织第二次冲击；第二次冲击未成，再增强炮兵火力，加强步炮配合。在我军炮火有效掩护下，冲锋战士端着刺刀终于冲上圩墙，与伪军展开了激烈的白刃战。战士们把六个一把、八个一把扎起来的手榴弹，一起拉断导火线抛进敌围。在巨大的轰隆声中，伪军尸体横飞，血溅满地。这场激战一直延续到 26 日拂晓，陷入绝望的残敌终于缴械投降。

攻城战斗中，部队充分发挥了炮火的威力。战后，俘虏说："开始我们估计你们没炮。谁知你们炮这么多，简直无法应付。"

在四支队攻击水龙局据点的同时，二十二团进攻伪第五军主力一五八团驻守的大浦桥围寨。大浦桥有一道极陡的围墙，还有水圩环绕，敌人据险固守。我军炮手瞄准目标向敌围寨连续发炮，一枚燃烧弹落在伪军营房上，营房顿时升起大火。火光下我军号手吹起冲锋号，战士们冲过水圩，迅速架起云梯。但由于围墙陡峭，架梯失败。敌人早有防御准备，当我军炮击时，他们躲进地堡和工事内；当我军步兵冲击时，敌又以猛烈火力向我军扫射，用主要武器封锁圩前。我军战士四人抬着云梯到半路都挂了彩，紧接着上去一个班拖梯子，没走几步，又被敌排子手榴弹炸伤。二排排长带着四班冲上去，靠紧墙根，死命把梯子竖起来，但敌人竟把梯子拖了进去，用火力把道路封死。我攻击部队为减少伤亡，决定暂停冲锋，继续进行土工作业，把交通壕挖到敌人牙墙下和阵地边沿，围而不攻，迫敌就范。事后知道，由于白天对地形了解不够，选择攻击点不适当，从正北进攻，恰遇敌人工事坚固和四十二师的顽抗，炮火又没起到摧毁作用。如果从西面攻，比较容易奏效。因为守敌是伪三十三师，战斗力不强，而且横沟、碉堡紧连圩墙，集中炮火轰击，可迅速攻进去，直取大浦桥。

26日凌晨3点，伪第五军军长王清翰及三十三师师长孙建言见大势已去，在水龙局据点及射阳河南两个营援兵的掩护下，趁茫茫大雾，先后率残部千余人偷渡南逃。

王清翰和孙建言一逃，就只剩下大浦桥据点。于是，我让二十二团向敌人营长喊话："你打死我一个，我打死你十个。你派一个信得过的人出来看看，你们城里的部队消灭的消灭了，投降的投降了，跑的跑了，你还打个什么？"敌营长派连长出来看了，见身陷重围，援军无望，于26日上午10点缴械。

在阜宁攻城战发起时，我军在厂桥、茆舍以南的盐阜公路两侧，埋伏着特务团一、三营。其任务一是阻击向阜宁城增援之敌，二是截击从阜宁城突围逃跑之敌。

战役发展结果，正如我们所料。26日0点30分，从阜宁天主教堂、耶稣教堂逃跑之敌，如同惊弓之鸟，越过射阳河沿阜宁公路向南逃窜。当敌行至我一营设伏地带时，该营放过敌先头部队，隐蔽观察，选择敌人要害打。凌晨1点左右，敌人后续部队来到后，遭到设伏部队猛烈出击，正好打中伪第五军八大处。敌猝不及防，被我军截成数段，双方展开肉搏战，敌支持不住，抱头溃逃。当敌人先头部队进入我三营伏击地带时，三营迅速出击，冲入敌阵。在我军猛扑之下，敌溃不成军，残部向南逃窜。遭我一营伏击的伪第五军八大处残余敌人逃到三营阵地时又遭痛击。阜宁、射阳独立团各一部也赶到参加了战斗。

当时，天降大雾，迷迷蒙蒙分不清敌我。我们的截击部队是师特务团。敌人逃跑的是第五军的特务团。敌人问："哪一部分？"战士回答："特务团。"很多敌人因此靠过来，一看是灰色军服，跪下就缴械，口里说："不要打，不要打！"这样，在我军节节围堵、多面截击下，激战3个小时，毙敌150余人，俘敌近千人，伪五军军长王清翰身负重伤与孙建言等几十人逃至盐城。

截敌战斗结束后，我们立即命令担负分割、包围阜宁公路两侧各据点的部队，同时发起攻击，乘胜扫荡残敌。射阳独立团乘胜扩大战果，又相继收复了海河镇、靠鱼湾据点。

整场战役，从4月24日晚上10点发起，到26日上午10点止，历时36个小时。

这次战役，取得了辉煌战果：全歼伪五军军部和2个师部、7个团，并歼灭了伪阜宁县政府、保安团等反动组织和反动武装。除伪五军军长王清翰、三十三师师长孙建言几十人漏网外，活俘伪三十三师副师长邓立东以下官兵及伪地方军、政、警等近3000人，缴获颇丰。除解放阜宁城外，攻克大小据点21个，摧毁碉堡143个，解放村镇580多个、受难同胞10万余人，收复土地1000平方公里。

阜宁是新四军在苏北战场从日伪手里解放的第一座城市。

阜宁战役是第一次攻城战斗大捷，也是全华中对日军进行战略反攻的一个大胜利。这场战役，标志着新四军第三师开始从战略相持转入战略反攻，从长期的游击战转向规模较大的运动战和攻坚战，从单一步兵作战较为大兵团的步炮协同作战。

# 攻克睢宁<sup>*</sup>

赵汇川

　　1945 年 6 月中旬，驻守徐州东南之睢宁的日军被迫撤走，仅留伪保安队驻守。第四师师长兼淮北军区司令员张爱萍、政委邓子恢，抓住有利时机，组织 9 个地方团（总队），在主力一部的配合下，发起睢宁战役。战役于 6 月 19 日开始。四师部队先扫除睢宁城外围据点，7 月 7 日向睢宁城展开突击，当天解放睢宁，而后四师乘胜攻克睢宁城东南据点。至 7 月 10 日睢宁战役胜利结束。

　　我是从 1943 年 1 月开始任淮北三分区司令员的，几年来，在淮北地区与日、伪、顽打过不少"交道"。军分区党委在组织指挥作战的同时，非常重视开展敌军工作，1945 年 6 月 12 日，在做敌军工作同志的策动下，驻守在高作以南姚圩的伪保安第六团团长王登赢率领所部 1300 余人举行起义。随

　　* 本文原标题为《忆攻克睢宁》，收录时做了适当修改。

后我分区又采取军事包围与政治争取相结合的办法，促使睢宁县县城以西至双沟之间的魏大桥、邢圩、田河、大王集、柴湖、五里井等伪军据点投诚。这就使睢宁县城更加陷于孤立。

分区制订的睢宁战役计划报请师兼军区首长批准后，我们立即加强对睢宁县的侦察，首先组织担任主攻和突击队的团、营、连干部化装潜入睢宁县县城，进行周密细致的侦察，弄清了敌情动态后，在分区进行沙盘作业，明确了参战各团、队的任务后，就紧张地进行了战前练兵。

睢宁县县城位于徐州东南，在徐州通往宿迁、淮阴的公路上，距徐州约 160 里，战略位置重要。县城经日伪军长期驻守，防御工事不断加强，除有城墙、城壕外，城内还有伪保安司令部固守的天主堂、书院和魁星楼三个核心阵地。城东门外有原日军驻守的据点，日军龟缩到徐州后，徐州伪省长郝鹏举派来一个营进驻这些据点；其他还有伪县、区队武装；总兵力有 2400 多人。我们虽有内线关系罗润田（当时的公开身份是伪军士兵）可控制西门楼上的排哨以做策应，但为保证战役的胜利，我们仍把决心建筑在突袭强攻的基础上。

7 月 6 日下午，参战部队集结在古邳以东的五工头，所有的指战员都做了蹦跳的动作，检查着装行动有无声响，并严格规定行军中绝对不准吸烟，咳嗽时要用毛巾捂着嘴，以保证部队隐蔽接敌。在部队出发前，我们又做了简短动员，提出"攻下睢宁城，庆祝抗战八周年"的战斗口号，部队以高昂的战斗情绪向睢宁城开进。

攻城部队的任务具体区分是：独立一团从西门方向担任主攻，独立二团从南门方向担任辅助攻击；独立三团一部配合睢（宁）宿（迁）县、区队武装，包围城东门外郝鹏举部所属一个营的驻地；睢宁县大队担任围攻城东北郊据点。

我和分区政委张太生率领攻城部队进到离县城以北约十多里路的树林里隐蔽休息。这时已近午夜，我们静静地等着先前派去接头的人回报。过了近一个小时，人回来了，说情况没有变化，可按原计划进行。我们即命令部队急行军按预定作战任务分头开进。分区指挥所跟随着独立一团的后边；一营营长吴生才带着二连担任突击，团长叶道友随先头一营，分区副参谋长张登先、政治部主任王学武随团指挥所。7日凌晨2点左右，二连已到达突击点西城楼偏北的城墙角下，他们立即靠上了炸药包，分区指挥所刚在西门大桥外边小街上设好，就听"轰"的一声巨响，总攻击开始了，四面的枪声也同时打响了。突击队二连迅速从爆破口爬上城墙，占领城门楼后，连忙打开城门，团主力部队飞驰般地从城门冲了进去。一营顺着西门大街向城中心发展，二营沿着城墙边向南发展，接应从南门攻击的二团；三营沿城墙向北发展，向伪县政府逼近。这时，正在睡梦中的敌人被惊醒了，他们听见四周枪声大作，惊恐万状，不知所措。

"喂！喂！西门怎么样了？"敌保安司令部给早被我军占领的西门城楼打电话。

"西门没有事，在我们手里！"这是我军控制西城门楼上的部队里，一名战士拿起电话筒做的机智回答。这个故事在战役结束后，部队战士都当作一个笑话来传述。

时已微亮，西城大桥却受到城墙西南角碉堡敌人的火力侧射。这是我们通往城里的主要通道，有的战士从这里通过就受了伤。为保障通往城内道路的安全，我们一方面急令二营坚决驱歼这部分敌人，一面急忙收集门板，在桥上架一道木板墙，挡着敌人的视线。凌晨5点钟左右，分区指挥所移进到西门里的一所民房，我和分区政委张太生都在城里指挥战斗了。

攻城部队向城中心挺进，遇到的抵抗越来越大，有些地方展开巷战，逐屋争夺，战斗十分激烈。上午10点左右，三营打到伪县政府，那里没有坚固的防御工事，文职人员较多，经我军一阵猛攻就顺利攻下了。随后，攻击部队向天主堂保安司令部方向发展。街中心的敌人看到伪县政府已失守，即逐渐向天主堂退缩。当部队追击到天主堂附近时，遭守敌火力封锁，进攻受阻。这时已快到中午时分，我们命令部队暂缓攻击，让主攻部队稍事休息，并立即在敌前召开了"诸葛亮会"，研究下一步战法，同志们都认为天主堂是守敌最后固守的堡垒，肯定要负隅顽抗，但也正因为这样，守敌大部分官兵也会感到穷途末路。会议重新选定突破口，以更加猛烈的火力攻击的同时，加强政治攻势。具体由政治部王主任和一团政委方中铎同志负责。"诸葛亮会"结束后，王主任、方政委组织指挥敌工队伍，用扬声筒向敌人喊话"缴枪不杀，优待俘虏""只有放下武器，才是生路，继续抵抗，只有死路一条"等。下午2点，一团对天主堂伪保安司令部开始了总攻击，战斗非常激烈。但是敌人终于被我军强大的密集的火力压制下去了。攻击部队勇猛攻进了天主堂，敌人支持不住，只好放下武器，举手投降。

从南门攻击的二团，在分区参谋长兼二团团长周世忠、政委张彤亲自率领下，上午10点左右就攻进了城。他们向东发展时，被一团击溃的敌人正朝他们那个方向逃窜，被二团全部截获，其中就有伪县长夏硕武。二团攻进城后，没有遇到大的抵抗，发展比较顺利，并且俘获甚众。我们考虑在东关围攻郝鹏举所部的三团一营是刚从县、区地方武装升级的部队，战斗力不强，又没有攻坚经验，而敌人固守的据点，防御工事坚固。因此，决定由张副参谋长率二团一部前去增援，准备在加强政治攻势的同时集中兵力实行强攻。张副参谋长率部赶到时，三团的同志们正在向敌军喊话，但据点里既没有答话，也没有人敢伸头，显然这是在观望天主堂的战况。下午3点，三团又发动政治攻势，这时天主堂的战斗已基本结束，枪声逐渐稀疏了。天主堂被我一团攻下，这部分正在观望的敌人也就绝望了。经过阵前的几次对话，500 多名敌军官兵放下武器，乖乖地投降了。紧接着，张副参谋长又率领二、三团到东北郊增援包围伪军据点的睢宁县大队。二、三团和县大队都争着要担任主攻，一阵争论不休却被敌人钻了我们的空子，趁着黄昏时刻突围向东逃跑了。县大队攻进据点只抓住几十个敌人，而突围出去跑散了的敌人，大部分也被我区、乡队和民兵抓获，所剩无几的跑到宿迁城里去了。

攻克睢宁县县城的当天，分区独立一、二团乘胜扩大战果，分别向城东的高作、凌城、夏圩和王宇圩之敌发起进攻。凌城、夏圩之敌很快宣告投降。高作之敌，除少数逃往宿迁外，其余均被我军歼灭。王宇圩之敌，在九旅二十五团猛烈攻击下，俘获一部，其余乘黑夜大雨，向宿迁溃逃。二十五团步兵、骑兵不顾疲劳，跟踪追击至宿迁城郊，歼灭大部逃敌，生俘伪团长王学阶以下 300 余人。至此，睢宁县县城及其外围各大镇敌伪据点，全部解放。

睢宁战役计毙伤伪军官兵近 200 人，俘获伪县长夏硕武，伪团长王学阶和伪区长金子超以下官兵 2000 余人，缴获步枪 1900 余支，轻重机枪 77 挺，迫击炮 3 门，各种弹药 3.2 万余发；解放被敌伪占领的土地 1200 平方公里，一座县城和 600 余处村镇，人口 20 余万。在当时的形势下，这是一个很大的胜利。

睢宁战役胜利后，新四军首长和四师兼淮北军区首长发来嘉奖电、嘉奖令。淮北军区党委、四师兼军区的机关报《拂晓报》于 1945 年 7 月 22 日发表了社论，指出睢宁的光复，是我华中地区解放的第二个县城，具有重大的战略意义。

# 攻克兴化*

管文蔚　姬鹏飞　张　藩

1945 年 8 月，根据中央军委和新四军军部的战略指示要求，我们苏中区党委和苏中军区决定向整个地区拒不投降的日伪军开展猛烈的进攻。我们鉴于攻克宝应后，运河线上高邮至淮安的 180 里内已全为我军控制，唯有兴化、盐城等几个城市是解放区内的几颗定时炸弹，因此决定集中兵力，先解决兴化问题，然后再转向东台，并相机收复盐城。

兴化，是我根据地中的一颗大钉子。城墙坚固，防御工事星罗棋布，城外四周均系水网地带。那里驻有刘湘图的伪二十二师及兴化县保安团等共 6000 余人。

我们分析：兴化守军 6000 余人中经三垛、周庄、黑高家之战，已被我军歼灭 1 个正规团，所剩不过 5000 人左右的兵力，而且有 3 个团系杂牌伪军，其装备和训练较差，此

---

　　* 本文节选自《回忆兴化盐城之战》，收录时做了适当修改。

其一；日军已宣布无条件投降，伪军士气低落，此其二；刘湘图虽名义上属孙良诚部，但刘、孙间矛盾很深，我军攻打兴化，盐城、扬州的伪军可能不会增援，此其三；我军攻克宝应县城后，在我军威胁下，汜水、界首、车逻坝、小纪、老阁、西鲍等日伪据点相继撤走，兴化完全陷于孤立，而我军在自己的根据地内，群众基础很好，此其四。打下兴化是有一定把握的。

军区决定集中一旅全部及特三团、特五团、一分区特一团、特三团、兴化团等共七八个团的兵力围攻兴化并准备打援。

管文蔚、吉洛、张藩等人都到了兴化前线，由张藩担任攻城指挥。各部队按照军区的命令，于26日至28日陆续进入阵地构筑工事，准备实施攻击战斗的第一阶段。此时刘湘图已闻风将三子庙、芦洲、苟朱庄等突出据点放弃，全部撤回固守兴化县城及城下卫星碉堡里。

我军于当下午进逼兴化县城，城外全是河道。由于我军有熟悉的向导，避开了敌人城外据点，偷渡至城下民房内，立即发起攻击，扫除敌城外的火力点，很快完成了这一阶段的作战任务。

29日，开始实施第二阶段的攻城计划。兴化留有完整的城墙，韩德勤在此苦心经营了两三年，修筑了不少永久性的防御工事。刘湘图盘踞兴化后，在此基础上又搞了四五年。城墙上每隔数十米就设有钢筋水泥的碉堡。此外还有许多地堡、子母堡，均相当坚固。兴化像水城，地下水位很高，我军用云梯多次发起攻击，想爬上城去用手榴弹和拼刺刀解决问题，但经过一天两夜的攻击皆未得手。我们反复研究，吸取教训，决定暂不采取这办法。要攻进城去，必须将城墙打开缺口，摧毁敌人的守城碉堡，然后用火力掩护，组织突击队从缺口冲进去，用手榴弹将敌人突击队打下去，大部队立即跟进，进行巷战，方能成功。

30 日，我军继续攻城。守城伪军一边打榴弹一边用浇满汽油的布焚烧民房，阻止我军进城。我军云梯不够，便蹬着水车爬城。伪军用马刀等砍攀上城墙的战士，并以机枪火力、钢叉筒子、刺刀、石灰等阻击我攻城部队。我军前仆后继，皆不奏效。

31 日，两门山炮已经运到。我们聚集在总指挥部内经过反复研究，下达了当晚进行最后决战的命令。我们找来曾指挥过炮兵的胥金城，由他组织会使用山炮的炮兵（当时他们在某团当步兵），叫他们把山炮检修好，把炮弹擦擦，用在主攻方向西门。当晚 8 点整，总攻开始。先用山炮将西城墙轰塌了一个大缺口，我突击部队一面向纵深扑去，一面向两侧扩展，一下冲进城去。西城守城敌团长企图组织反击，但残余部队大部逃散，刘湘图立即从东南两门抽调主力前来堵住西门缺口。我东门攻城部队乘机立即发动攻击，特一团六连首先突入城内，接着特二团七连也相继突入，大部队随即进入市区，向敌中心地区进攻。三团团长彭寿生报告：敌见大势已去，举着白旗前来找我攻城部队谈判。此时我西门、南门、北门的攻击部队也已先后进入，我军向西城东北角之伪军指挥所直插，彭寿生带领团部书记员申易、两名警卫员、一名通信员，五人冲入伪指挥部，活捉了刘湘图等人。

经过三天四夜的激战，终于解放了兴化城，毙伤敌伪军700余名，俘日军4名及师长刘湘图以下伪军官兵5000余名。

兴化战斗中，参战民兵共1万余人，其中仅海河区、草冯区就动员了4000名民兵参加战斗。兴化的人民群众为这次战斗做出了很大的贡献。

# 两淮战役[*]

黄克诚

1945 年 8 月，日本宣布投降后，原长期盘踞在苏北地区的伪军潘干臣、吴漱泉等部，受国民党反动派加委，摇身一变，分别改编为国民党第六军第二十八师和淮安独立旅，连同伪保安团、常备旅等地方反动武装，据守淮阴、淮安两县城，同我军顽抗。我当时是新四军第三师师长兼政治委员。正当我们准备组织第三师主力部队，歼灭潘、吴伪军，攻取淮阴、淮安县城时，接到华中局和新四军军部命令，要第三师主力部队向淮南津浦路西出动，与第二师部队会合，准备阻击桂系顽军东犯。我们原定的扫清苏北残敌的计划遂暂时搁置，对部队做如下部署：我率第七旅（已在淮南津浦路西）、第八旅分别进至淮南津浦路两侧的定远、盱眙、涧溪等地区，与第二师的部队会合；而将第十旅留于邻近两淮的

　　* 本文原标题为《忆两淮战役》，收录时做了适当修改。

高良涧、蒋坝地区，以便既能西进作战，也可以回师东返，相机歼灭两淮之敌。在西进途中，考虑肃清苏北敌伪作战的需要，师参谋长洪学智又返回苏北，相机组织领导攻取两淮作战。

第三师和第二师部队集结在津浦路两侧，等候半个多月，未见国民党军队东犯的动静。我估计国民党军队忙于夺取大城市和交通要道，一时还不大可能向我根据地进攻。在这种情况下，我和当时共同指挥津浦线作战的第二师政治委员谭震林研究后，于9月3日联名向华中局及军部建议，将二、三师主力调回路东，夺取铁路一段，牵制国民党军队；主力一部回师肃清苏北、苏中各城市伪军，创造连成一片的大块根据地，为之后长期作战准备战场。电报同时报到中央。9月5日，刘少奇同志从中央电示华中局，明确表示同意我们的建议。据此，第三师主力部队即回师苏北，发起两淮战役，进行扫清苏北敌伪的作战。

淮阴、淮安是两座历史古城，又是苏北政治、经济、文化中心，西北水陆交通枢纽。抗战爆发后，国民党江苏省政府曾迁移到淮阴。日军侵占后，又成为日军屯兵要地，形成我苏北、苏中、淮南、淮北各根据地联系的一大障碍，人民群众早已渴望拔掉这颗钉子。两淮县城相距17公里，都面对运河，水深城固。淮阴城高8米，淮安城高12米。城上有日军经营几年的工事。城四角和城门上筑有炮楼，城内主要路口筑了地堡，城四周在运河及护城河等屏障的基础上，增设了鹿寨、铁丝网。城外围还增设卫星据点，以此构成了以城墙为骨干的防御体系。

经过抗战烽火的锻炼，新四军第三师的部队迅速发展壮大，主力和地方部队已拥有7万余人。此时，在整个苏北地区敌我力量的对比上，我们不但在政治上占有绝对优势，而且在军队的数量和质量上，也明显地超过敌伪。敌伪虽然麇集几座县城，深沟高垒，但是，他们早已陷入解放区军民的重重包围之中，已成瓮中之鳖。根据敌我态势，我们确定采取集中优势兵力，分割包围，各个歼灭的战法。首先以距两淮最近的第十旅和地方武装攻取淮阴，然后以相继赶回的第七旅、第八旅和地方武装攻取淮安。

在第七、八旅部队尚未东返时，第十旅旅长刘震指挥第十旅及淮海军分区新二团和师特务团，已于8月26日由高良涧、蒋坝等地出发，向淮阴开进，苏北地方武装射阳独立团和淮阴、涟水警卫团，从东、北两面配合向淮阴逼近；淮安、涟东独立团担负对淮安的警戒和包围。从27日到31日，夺取了淮阴外围的全部据点，严密包围了淮阴守敌。

8月31日夜，调整了攻城部署。第十旅集结于城东和东南，担负主攻任务；师特务团、射阳独立团、新二团从城南、西、北三面实施包围，担负助攻任务。主攻点选在房屋较多、便于隐蔽接敌，又是守敌两个团的接合部，防守较为薄弱的城东北角和东门。

各部队到达指定位置后，积极进行实地勘察、战前训练和攻城准备。针对地形、敌情特点，修筑了十多座高于城墙两米的机枪制高火力点，挖掘了 55 米长的地下坑道，直通攻击点炮楼之下，准备实施爆破。赶制了渡河用的浮桥和登城用的云梯等器材。与此同时，向城内守敌展开政治攻势，用弓箭和风筝向城内发射传单，悬挂大字活动标语，进行阵前喊话，并两次向敌伪发出通牒，敦促其缴械投降。但敌伪冥顽不化，自称为"曲线救国的胜利者"，拒绝投降。

9 月 6 日，守敌拒绝我军最后通牒，并残忍地杀害了为我方送信的张老汉，广大指战员无不义愤填膺。守敌估计我军将在夜间突袭攻城，因而入夜及黄昏、拂晓戒备严密，而白天则较为疏忽。针对这一情况，我们决定将总攻的时间出敌不意地选在白天。整个上午，我军炮火时紧时松，守敌紧张了半天，不见动静，便慢慢地松懈下来。下午 2 点整，我攻城部队突然开始炮火急袭，并以制高火力封锁敌碉堡。第十旅之第二十八团第一营通过地道对城墙实施重量爆破成功，城墙东北角被炸开几米宽的缺口，对我军攻城威胁最大的炮楼被炸毁，守敌一部被压在倒塌的炮楼下面，附近的敌人也被震晕。我突击分队仅 5 分钟即登上城头，在东门城头上插上第一面红旗。旋即与守敌展开激烈搏斗，打退敌人的多次反扑，进入纵深，在观音寺将伪淮阴保安团团部消灭。其他方向的攻击部队也先后突破敌城防，勇猛穿插分割，直捣纵深。

从南门进攻的我师特务团，因爆破器材在前进中被敌炮火击中，未能按计划实施爆破排除障碍，便提前 5 分钟发起冲击。虽遭到很大伤亡，仍前仆后继，奋勇登城。尖刀班班长、战斗英雄徐佳标第一个攀上城墙，把红旗插上城头，在身负重伤的情况下，仍顽强地与敌搏斗。他看到从敌人的一个暗堡内射出机枪的火舌，疯狂地向我军扫来，封锁住我军前进道路，便奋不顾身地扑上去，用身体堵住了敌人的机枪射孔，以自己年轻的生命为突击部队开辟了前进的道路。后来，为了纪念这位战斗英雄，当地人民群众把他献身的地方淮阴南门命名为"佳标门"。

在西门，攻城部队在突破城防后，直冲入敌教导营营部，捉住了敌营长和一个号兵。我突击排排长曾当过司号员，他立即令敌号兵供出号谱，从敌号兵手中夺过军号，吹起敌人的集合号，把已经混乱动摇的敌军一个营的官兵全部俘虏过来。

下午 3 点左右，第二十八团第二营在一位熟悉情况的理发工人的引导下，取捷径直捣敌指挥部。乘敌恐慌万状、机枪尚未架好之际，投出手榴弹，把敌机枪炸掉，立即发起冲锋，一下突进敌据守的院内，歼灭了警卫部队，敌伪师长潘干臣被击毙。下午 3 点 30 分，城内守敌残部先后投降，一小部分敌人企图从西北突围，也被新二团、射阳独立团全歼。淮阴遂于 9 月 6 日解放。

当淮阴战斗进行时，我各县地方武装即将淮安守敌严密包围。淮阴战斗胜利后，第十旅主力即于 9 月 13 日开抵淮安城下，紧缩了对淮安的包围。接着第七、八旅也从淮南东返，先后进至淮安城下，接替了第十旅。当时师参谋长洪学智已对攻取淮安做了筹划，我东返后和他会合，由旅长彭明治指挥的第七旅和旅长张天云指挥的第八旅以及射阳、淮安、阜宁、盐城等独立团攻歼淮安之敌。守敌根据我军在城北集结兵力，城北地形便于接近诸情况，判断我军将从北面进攻，遂将其主力部署在北面。我军却将主攻方向选择在城南敌防御薄弱之处。以第七旅之第十九团、第二十团，第八旅之第二十二团分别从城东南、城南和西南实施主攻，以第八旅之第二十四团在城西北，射阳、淮安、阜宁、盐城等独立团分别从城西、城北和城东实施助攻。针对守敌依托里运河及高大城墙采用一线设防的特点，各部队运用淮阴攻城的经验，制作了各种攻城器材，抓紧进行临战训练和准备，构筑了十余个高于城墙的制高火力点，挖掘了直通城墙底部的长达 150 米的地下坑道。同时，对敌展开政治攻势，发出通牒。守敌拒不投降，并于 9 月 21 日拂晓，组织敢死队百余人，由西城墙缒下，向我军偷袭，企图突围脱逃，被我第八旅第二十四团一营全歼。

22 日上午 8 点，对淮安守敌总攻开始。首先向敌实施炮火袭击。第八旅之第二十二团通过地道，隐蔽地进至城根，以预先运去的重磅炸弹在城西南炸开大缺口，敌炮楼被炸得灰飞烟灭，我军部队立即拥入。各攻击部队的突击分队也在制高点火力掩护下，迅速排除各种障碍，发起冲击。第七旅之第十九团、二十团从城东南和南方突破敌城墙一线防御，并向敌纵深突击，快速歼灭了敌人。第八旅之第二十四团，射阳、淮安、阜宁、盐城等独立团也从各个方向突破敌城防。经短时间激战，敌依托高大城墙精心设置的防线全部被我军摧毁。各攻击部队迅即向敌纵深穿插，对敌实施分割包围。战至上午10点，城内守敌大部被歼，残敌被切割成孤立的几块。我军在继续攻击的同时，展开阵前喊话，瓦解敌人。并发动居民群众搜捕化装隐藏的散敌。迫使残敌大部投降，一部就俘。中午12点，伪旅长吴漱泉带领残部200余人，依托钟鼓楼及楚王殿工事继续顽抗。我军遂集中各路部队向其发起猛烈冲击，经30分钟激战，将其全歼，吴漱泉被击毙。下午3点，号称"铁打的淮安"即告解放。

在围攻淮安的同时，第十旅及地方武装又于9月18日对响水口一带伪军徐继泰部发起攻击，歼敌近千人，攻克响水口、陈家港、大伊山、新安镇等市镇，控制了灌河两岸，完全解放了苏北盐场。

两淮战役及以后的胜利，使苏北、苏中、淮南、淮北解放区连成一片，为华中人民解放战争准备了战场。

# 淮阴攻坚战*

刘　震

淮阴城攻坚战，是我苏北新四军三师从长期的游击战转向较大规模的攻坚战的一个成功的范例。

1945 年 8 月，日本投降。苏北根据地内的伪军，在接受国民党的改编后，仍盘踞淮阴、淮安、盐城等县城，拒绝向我抗日军民缴械投降，并且加紧构筑工事，妄图顽抗。国民党桂系顽军也正从津浦路西东进，企图进攻我解放区，策应敌后残存的伪顽，恢复反动统治。新四军三师决定，先将淮阴、淮安两个伪军据点拔掉，再逐个扫清根据地内的残敌。正在这时，接到新四军军部命令，要三师部队向淮南津浦路西出动，和新四军二师部队会合，阻止企图东犯的国民党桂系军队。三师领导同志便把攻取两淮的计划暂时搁置。但为了能在适当时机进行扫清苏北敌伪的作战，三师师长兼政委

---

* 本文原标题为《忆淮阴城攻坚战》，收录时做了适当修改。

黄克诚同志确定，除了他亲率三师七旅、八旅推进至淮南津浦路西定远地区外，将十旅留置于邻近两淮的高良涧、蒋坝一带，以便既能西进作战，又可以回师东返，肃清苏北根据地内的残留伪军。

当时我任三师十旅旅长兼政委。1945年8月21日，十旅部队来到洪泽湖东岸蒋坝、三河、高良涧一带。三师七旅、八旅部队进到津浦路西侧之时，国民党部队正抢占津浦路沿线重要城市和交通要道。我方部队等待半个多月，未见桂系部队前来的动静，黄克诚师长估计他们眼下正急于抢占城市，不大可能向我根据地进攻，遂同指挥津浦线作战的二师政委谭震林同志商量，联名向军部建议将部队撤回，三师部队回师肃清苏北各城市伪军，使华中几个解放区连成一片，为之后长期作战准备战场。电报同时报中央，刘少奇同志从中央来电表示同意。据此，三师部队即回师苏北，准备发动两淮战役。

日本宣布投降后，淮阴由伪二十八师驻守，该敌有正规军3个团7000余人，另有淮阴保安团2000多人。城墙上修筑了大量工事与堡垒，城四周和城门上筑有炮楼，城内主要路口筑有地堡。护城河宽10米、深达2米，在护城河外设有铁丝网和鹿寨。另外，在城外构筑卫星据点，形成了纵横十余里的城垣防御。攻打淮阴城将是一场非同以往的艰巨的攻坚战。我们经过反复的研究，确定采取两个步骤：第一步，快速扫清外围敌人，步步逼近，紧紧将城包围；第二步，摸透情况，正确地确定主攻、助攻方向，选择好突破口，以有效手段，突破坚固的城防，分割歼灭城内之敌。

8月26日拂晓，部队开始向淮阴城开进。27日晨6点，我十旅前卫二十八团在进至淮阴城南5公里的高升桥时，率先与敌接火，打响了扫清外围据点的战斗。在扫清外围敌人的战斗中，不断接到清除敌人卫星据点的胜利消息。特别是二十九团一部兵力，勇猛打退敌人在西门外的三次疯狂反扑，抵近西城门外。至31日晚，我军全部扫除了杨庄、王营、西坝、码头等十余个卫星据点，完成了对淮阴城的包围，并缩紧了包围圈，陷敌于孤城之中。

为了给潘干臣一个悔悟的机会，我们发出通牒，令其放下武器，缴械投降。然而，潘干臣非但毫无悔悟之意，反而凭借着深沟高垒，狂吠着什么"我们是曲线救国的胜利者""淮阴城固若金汤"。潘干臣这一嚣张、顽固的姿态，更激起我广大指战员的无比义愤。连日来，请战书、决心书，雪片似的飞向各级指挥员面前，"打开淮阴城，活捉潘干臣，为苏北人民除害"的誓言震荡在每个指战员的心底。

敌人兵力部署情况是：东门是敌一一一团防守，南门及其附近地区是敌一〇九、一一〇团防守，西门是敌常备旅防守，北门是敌保安团防守，敌指挥部设在北大街东侧的道台衙门内。东门外花街房屋较多，便于我军隐蔽接敌，南门和西门外地势开阔、低洼，城内守敌力量较强；北门紧靠运河，易守难攻；城东南角和西北角各有一些建筑物可以利用。因此我们确定了以下部署：以城东北角为主攻方向，由二十八团担任；南门为助攻方向，由师特务团负责；二十九团主力在城东南，为二十八团的二梯队；城西北配置一部兵力，相机突入城内，以便分割敌人，各个歼灭。

具体部署下达以后，我们随即察看了各部队战前准备工作。在东门及东北角阵地上担任主攻任务的十旅二十八团的广大指战员忙得热火朝天。我和二十八团团长钟伟在一间平房的隐蔽处，看到几个战士正在聚精会神地从下向上数着城墙上的砖头层数，然后又量起一块城墙砖的厚度，又把城墙砖层之间的嵌缝加进去，这样一算，很快测出了城墙的高度有10米多。看到此情此景，我们不由得发出了赞扬："哈哈，你们把城墙高度算得这么准，看来使用多长的梯子能攀上城墙，你们已经有把握喽！"听到我们的声音，一个老战士笑着说："敌人有洋枪封锁，我们就有土机器对付！这也叫有来有往嘛！"阵地上顿时引起了一阵笑声……

在一间楼房的楼梯口，十多个用竹竿和麻袋装土垒成的高出城墙2米多的机枪火力发射台快要筑好了。

在东门北侧，主攻突破口的正面，由16名干部战士和60多名支前民工隐蔽奋战了两个昼夜，掏挖了55米长的地道，一枚缴获的重1000磅的炸弹已经被悄悄地通过地道送往城墙根东北角敌人的炮楼下，安放在那里，一位正在调整电发火装置的战士悄声对我们笑着说："这个大家伙要是开了花，可有好景看哩！"

为便于我军部队越河攻城，淮海支前民工冒雨日夜赶挖了一条从淮阴到淮安长达 30 里的出水道，正在把护城河的水引出去。

在南门外师特务团的指挥所里，团长郑贵卿同志正在召开班以上干部会，研究确定突击队、红旗手、爆破手的战斗编组问题。热烈的讨论开始了，一位操着灌云口音的小伙子斩钉截铁地说："请首长放心，我们一定以打开淮阴城的实际行动，支持毛主席在重庆的谈判！"郑贵卿同志告诉我：那小伙子是新提拔的七连五班班长、阜宁战斗英雄徐佳标，刚确定的尖子班，就由他们班担任。我点点头说："有这样的钢铁战士打前锋，再硬的城池我们也能攻破它！"

在西门和北门阵地附近，七旅三十团、射阳独立团的战士和民工们，正在赶制大批过运河的浮桥和登城用的云梯。从实地观察和大量的汇报中，我们知道各种攻城的准备工作正在这样昼夜不息地进行着。

在思想动员和物质准备的基础上，各部队又结合具体打法，选择相似地形，进行反复演练和临战训练，并每夜派出小部队袭扰敌人，制造我军将夜间攻城的假象，使敌人造成错觉，并且消耗敌人弹药和疲劳敌人。

强大的政治攻势在攻城准备就绪的时候更加猛烈地展开了。围城各部队利用船桅装上滑轮，在城墙四周火线上升起了巨幅的活动标语牌。"放下武器，回到人民怀抱！""不要再为潘干臣卖命！"等对敌宣传口号，像拉洋片样，一幅接一幅展现在城内敌人的面前。城四周，各式土洋喇叭进行的阵前喊话此起彼落，一包又一包用弓箭、风筝传带的宣传品纷纷飞进城里。

总攻前，我们指挥部以师长兼政委黄克诚的名义向潘干臣发出最后通牒，敦促其放下武器，向人民投降。然而，冥顽不化的潘干臣执迷不悟，拒绝投降，而且丧心病狂地枪杀了为我们前去送信的张老汉。我围城军民无不义愤填膺，决心誓死打开淮阴城，坚决消灭潘干臣！

9月6日拂晓，阴沉沉的天空洒下蒙蒙细雨。我军隐蔽在淮阴城周围的大炮一齐怒吼起来。敌人以为我们就要攻城了，也用大炮向我们阵地猛烈地狂轰。

围城以来，敌人最担心我们在夜间突袭攻城。每当入夜，他们就加岗加哨，严加戒备，不少地段还安置了照明器材，特别是黎明和黄昏，戒备更严。相反，白天时间，尤其是下午2点左右，则有些松懈。针对这一重要敌情，指挥部决定将总攻时间放在下午2点整，敌人怎么也没有料到我们将要在大白天收拾他们。

为了继续迷惑敌人，整个上午，我们的炮火时紧时松。敌人等了半天，不见我们有什么其他行动，慢慢松懈起来。但是，恰恰在这样的时刻，总攻的时间就要到了！

"丁零零零"，忽然桌上的电话急促地响起来，我接过电话一听，原来是南门助攻阵地郑贵卿团长报告：由于运送爆破器材的车辆在前进中被敌打毁，目标被敌发觉，请求提前发起攻击。我们稍做研究后，便同意了他的意见。这时候，南门守敌像野兽一样，疯狂叫喊，疯狂扫射，枪弹、手榴弹夹着石头、砖瓦一齐倾泻下来。指战员们以大无畏的英雄气概，直向城墙猛冲过去，尖刀班第一批冲上去，倒下了；第二批又奋起冲了上去。战斗打得异常激烈！

此时，"轰隆隆"一声巨响，震撼全城，在东门担任主攻的二十八团，以炮火猛击城东门守敌的同时，城东北角突破口的重磅炸弹爆破成功了！守卫在该处一连伪军全部被震晕，丧失了战斗能力，为我军顺利突破创造了极有利的条件。

重量爆破的声响，是总攻开始的信号。各路突击队、红旗手、投弹手、爆破手一个个龙腾虎跃，冲锋向前，力争第一个把红旗插上淮阴城！

指挥所里，不断地传来各部队胜利前进的消息。在城东北角，爆破成功后，二十八团一营二连五班班长曾家良，高举红旗，顺着云梯，像拉满了弓放出的飞箭一样，射向城头，第一面鲜艳红旗顿时在东门城头上高高飘扬。同时登上城墙的还有四连二班张班长。

二十八团一、二、三营的勇士们，在嘹亮的冲锋号声中，像一阵阵巨浪涌向突破口。守在城门口附近的敌人，猖狂地进行反扑，妄图阻挡我部队突入城内。二营四连全体英雄们，在连长张昌义的带领下，仅用5分钟时间，便全部突入城内。紧接着，二十八团全部兵力突入城内，冰雹似的手榴弹纷纷飞向敌群，炸得敌人血肉横飞、死尸遍地，敌人的反扑被打退了。张昌义带着全连战士，冒着敌人的猛烈炮火，不顾一切地直插水门后街，向西迅猛冲杀进去，他们像旋风一样扫清沿路敌人。企图顽抗的伪保安团也被他们打得人仰马翻，横尸遍地，守卫西大街十字路口的敌人，除少数吓得窜回伪师部，其余都举手投降。接着张昌义带领战士们，由一名熟悉情况的理发工人做向导，直冲伪二十八师师部。

与二十八团突破东北城墙的同时，二十九团的炮兵在团长王凡采同志的指挥下，迅速在城东南面轰开了一段城墙，突击队潮水般地涌入城内，二十九团和二十八团并肩猛烈地向城西部发动进攻。

南门阵地上，敌人火力太猛，师特务团三营营长宋传海同志壮烈牺牲了，但部队继续勇猛地向前冲杀。尖刀班七连五班班长徐佳标第一个登上城墙，负了重伤，他看到敌人的机枪疯狂地向我军扫来，挡住我突击队前进，便猛地扑上去，用自己的身体挡住敌机枪枪眼，为突击队登城开辟了道路。随着敌人东北角和东南角城墙的突破，南门也被突破了。特务团迅速向城内纵深疾进。

西门攻城部队是三十团和射阳独立团，他们发起冲锋后，尖刀连二营五连连长牺牲了，二排排长李云龙立即代理指挥，迅速扫清突破口残敌，冲入敌教导营部，活捉了敌教导营营长"赵老虎"。同时又捉住一个号兵，命令他供出敌号谱，李云龙这位曾经当过号兵的棒小伙子，夺过敌军号，昂头挺胸，鼓起腮帮吹起了敌人的集合号，号声把七零八落的"老虎营"集合起来了。就这样，号称"老虎营"的教导营所有官兵全部当了俘虏。

负责攻打北门的淮阴警卫团，由十余名共产党员组成的突击队，凭借已被敌人烧毁的北门运河大桥桥桩和桥墩，巧妙地躲过了敌人的机枪扫射，冲向北门城楼。第一架云梯被敌人打断了，又架起了第二架云梯。他们冒着敌人的火力，勇猛地登上城楼，消灭了城楼上的守敌，又配合主力部队对城西敌人进行围歼。

向纵深奋勇冲杀发展迅速的二十八团传来捷报："敌师部已经摧毁，敌师长潘干臣被当场击毙。"原来，当二十八团一营二连连长张昌义带领战士冲到敌师指挥部的时候，其他兄弟连队也陆续赶到。敌哨兵见势不妙，拔腿就往回跑。里面冲出百十个伪军，看到我军冲杀过来，便呼啦一下急忙卧倒，在门口架起两挺机枪准备向我军射击。四连二班班长手快眼疾，猛地投出两颗手榴弹，把敌人机枪手炸掉了。一排排长乘势带领突击组从大门突入。

张昌义和一名战士冲进了一间房子里，只见一个肥头大耳的家伙正对着电话发脾气。随行的向导当即认出他就是潘干臣，张昌义举起枪厉声喝道："潘干臣，举起手来！"潘干臣摔掉电话机，正要掏枪抵抗，张昌义扣动扳机，一颗子弹结束了他的狗命，这个双手沾满苏北人民鲜血的汉奸，终于落得应有的下场。

在同一时刻，敌师指挥部的另一间房里，二十八团四连副连长刘子林一把抓住敌师参谋长刘绍坤，喝令他："打电话，命令各团投降！"刘绍坤颤抖地拿起话筒："喂！××吗？师长命……命令，停止抵抗……"下午3点30分，各处残敌眼见抵抗已经无望，就都乖乖地放下武器，举手投降。少数顽敌企图从西北方向突围，也被射阳独立团、三十团截歼。

胜利的红旗，在淮阴城楼上、各高大建筑物上迎风飘扬！这场战斗，共歼灭敌军官兵8628人，其中俘虏敌师参谋长刘绍坤以下8328人，击毙300人。

# 高邮落日

谢云晖

1945 年 12 月，高邮城仍然被日伪占据着。

高邮城位于苏中运河边上，它南临扬州，北向两淮，是一个可攻可守的军事要地。高邮的城墙很高，环绕着护城河。城上碉堡林立，城外工事密布。西面是高邮湖，东面是网状的水荡，北面有土城掩护，南面背靠敌区，整个地形易守难攻。这里驻有 1000 名日军，加上伪第二方面军第五师和一个特务团共 6000 多人。日军认为高邮地形险要，又有重兵据守，再加上蒋帮撑腰，态度非常骄横，还扬言："奉命收复失地，北攻宝应。"

12 月中旬，为了坚决执行朱德总司令的命令，华中军区首长决定组织高（邮）邵（伯）战役。在纵队作战会议上，陶司令员说："军区粟副司令员带领七纵队插到高邮南面，拿下邵伯；张鼎丞司令员亲自带我们八纵队，从北面强攻高邮城，咱们来个南北夹击，彻底歼灭敌人！"

部队迅速从两淮出发，向高邮挺进，很快就挺进到高邮以东至三垛镇一带集结，进行战前准备。华中军区司令员张鼎丞和华中野战军司令员粟裕都亲临我纵队，率营以上干部勘察地形，研究敌情，部署战斗。我纵队负责同志根据敌情、任务和地形条件，决心向高邮北门实施主要突击，部署以第六十四团沿运河大堤攻击高邮北，第六十六团及高邮独立团攻击城东北之重要据点泰山庙，得手后向高邮城内攻击；第六十八团攻击高邮南门；第七十团攻击高邮东门；第七十二团主力担任攻城，并以一部兵力向高邮湖方向警戒；同时以军区特务团攻击高邮城南车逻之敌，确保我纵队侧翼安全。我们共用了7个团的兵力。

12月19日夜晚，部队对高邮外围展开了猛烈的攻击。六十六团是从东北方向攻击的，一夜之间，就从双庙、泰山庙，一直打到城边的关帝庙。在西北方向，六十四团夜里突破外围土城后，一营顺着高邮湖边公路向前发展。

到了中午，2个团已经从北面压到城边，另外六十八团也插到南门外，3个团一齐打到了高邮城下。同时，我们南线部队也攻克了高邮南面66里的日伪重镇邵伯，截断了敌人同扬州的联系，高邮城已经被我军四面包围了。

我军扫清外围后，日伪全部龟缩城里。军区首长及时指示我们，别看敌人还在顽抗，日本天皇宣布投降后，武士们是泻了劲的。不过日军军官对天皇投降的消息，进行了严密的封锁，不让士兵知道真相，因此我们一面积极准备攻城，一面大力开展政治攻势，瓦解敌军。军区敌工部陈部长还带了一批敌工干部和十多位日本人反战同盟和朝鲜解放同盟的战友来协助我们，迅速展开了一场内容丰富、形式多样的政治攻势。很快天皇投降的消息，日军内部再也封锁不住了，日军思想上十分混乱，但部分指挥官仍然妄想执行上级命令，向国民党投降。

就在这时，国民党反动派也在急急忙忙地采取行动。他们一面密令高邮日伪"共同固守待援""坚决抵抗到底"；一面公开派出二十五军一〇八师师长顾凤阳率领全部是日械装备并配有日军顾问的 1 个团，勾结日军 500 余人，伪军三四千人，由仙女庙出动，向我军已解放的邵伯进犯，并企图增援高邮。

25 日晚，我纵队在强大的炮火支援下冒雨发起总攻。第六十八团第一营首先以云梯登城突破南门。在一营突击遭受子母堡垒群火力封锁，前进受阻时，一连战士戴文祥英勇机智地迂回到敌人堡垒侧后，利用死角，连续打下 7 个地堡，缴枪 18 支，扫清了前进道路。

六十四团从北方攻击，一营的二连和三连，夹着西北城墙角的两面向上爬，三连突击班班长袁金生，带着全班从城北面蹚过护城河，飞快地把梯子靠到城墙上，快速登上城头，顽强地守着已得的一小块阵地。他们就像一把锋利的尖刀，首先把敌人的城墙防线挑开一个缺口，又像一根钉子钉在那里，使得北面西段城墙上的敌人手忙脚乱。

同时，二连从城角西边也爬上了城，这时城角敌人被袁金生班吸引过去，二连上去就朝南发展了一段地方。但是前面又遇到敌人一个碉堡，歪把子机枪不停地射击着，把丈把宽的城墙封锁得严严实实，二连连长高锦标对指导员严安林说："干脆我带人跳进城里，迂回到敌人碉堡后面去打！"正巧这时，敌人的机枪卡壳了，高连长一挥手，带领战士们跳了下去。一会儿从敌人后面打了起来。敌人见两面受攻，退路已断，便投降了。

二连把碉堡刚拿下来，三营营长秦镜已经带着部队从这里登上城。三营进城后，迅速向纵深发展。这时二营也从北门爬上了城墙。敌人的防线被突破了，我军在激烈的巷战中经过七八次反复冲杀后，敌人迅速把部队从城的西半部收缩到东半部的日军司令部附近。

六十六团和高邮独立团也在六十四、六十八团攻入南北城门的同时，从东门攻进城里，第七十、七十二团一部投入巷战。

六十六团突击连一连在战前就找到了一个在城里拉过人力车的好向导。他带着一连的突击班三班穿街过巷，东一弯西一拐，一直朝日军司令部前进。

走过一段路，来到一个街口的转角，突然遇到敌人机枪火力拦住去路，三班班长立即布置应文玉战斗小组在墙角同敌人对峙，掩护副班长带一个小组迂回过去，在手榴弹隆隆爆炸声里，顽抗的敌人横七竖八地躺在地上不动了，剩下的一部分敌人逃进屋里躲了起来。我们突击部队扔下这些家伙给后面部队收拾，仍然一个劲地向前冲，绕过一个圆圆的亭子，就看到日军司令部的大门了。

经过一阵激烈的战斗，枪声渐渐停了，六十六团姚政委随同部队来到日军司令部，这里集中有 300 名敌人，比起外面的日军来，这里更乱一些。我们部队进去在各处放上岗哨后，日军才出来一个值日模样的军官同我们联系，姚政委命令日军立即缴枪，日军态度还很顽固，一面声称愿意投降，一面还坚持要同我方代表谈判。

我同韩念龙同志作为政治部代表来到日军司令部后，对装模作样的日军独立第九十旅团的岩崎大佐严厉地说："我们就是最高代表，现在命令你们无条件投降。"岩崎见我方态度非常严肃，终于换了口气，但仍然想讨价还价："我们旅团中心在南京，我们愿意离开高邮回到南京去；城里的弹药给养和重武器，我们可以全部留交给你们。为了到南京去时路上安全，我们的轻武器将随身带走。"

"你们只能无条件投降，你们天皇的命令，也是叫你们无条件投降，我们保证你们和你们的家属生命安全，不侮辱你们的人格，你们投降后的一切安排，我们自然会按我军优待俘虏条例妥善处理。"我方义正词严地驳斥了他提出的无理要求。

这时候，日军司令部里不断有敌人军官出进，交头接耳，还不时在他们的司令官耳边讲几句，他大概已经了解，我军已经控制了全城，再要抵赖是没有好结果的，于是突然客气起来："代表请坐，我们愿意无条件投降！"

26 日，高邮城终于回到人民的手里！

是役，我纵队生俘日军独立第九○旅团岩崎大佐以下891 人，伪军第四十二师师长王和民以下3493 人，缴获各种炮61 门、各种枪4000 多支。我纵队伤亡662 人。战后，第八纵队受到新四军、华中军区首长军政双优的嘉奖。

# 华丰受降

冯少白

虽然日本帝国主义宣布无条件投降了，但是，日伪军早就与国民党勾结，采取拖延、抵制等伎俩，不肯轻易向我军投降。为此，我军接收日本侵略者投降的工作是非常艰巨的。

华丰，是津浦路旁的一个重镇，位于山东省中南部。华丰，又是一个著名的煤矿区，是日本侵略军在鲁中的中心据点之一。日军洼田旅团驻扎此地。1946年1月上旬，国民党军事当局命令这部分日军守卫住华丰、赤柴矿区，并控制住泰安到大汶口之间的铁路线。日军接到国民党军事当局的命令后，就驻守原地，不肯向我军投降。

当时，陈毅司令员向我们发出了指示，对这部分日军，我们绝不能轻易放过。但也不能心急，可以分几次"吃掉"。

第一次是这样"吃"的。我纵队司令部调遣了兵力逼近华丰矿区，并加紧政治攻势，派出代表与日军谈判受降事宜。经过反复的斗争，谈判获得初步成果。日军表示：第一，愿坚守中立，但恳求给他们一条出路，要求我军包围他们佯行射击，造成他们能向济南方向撤退的理由；第二，答应缴给我们少量的轻武器。当汇报了谈判结果后，陈毅同志指示说，我们可以采取灵活的策略，这次谈判适可而止，先放他们北撤，再在途中进行拦截谈判。

1月23日清晨，日军集中了几十节车皮的军用物资，来到远离华丰矿区十多里的东太平庄附近，准备由此北撤。我们旅奉上级命令，以三个团的兵力包围了日军洼田旅团，并把东太平庄北面的铁道掀翻，切断了日军的退路。

我曾在日本陆军士官学校留过学，会说一口流利的日本话。因此，纵队司令叶飞同志派我去与日军进行谈判。我随身带了两名警卫员，到了日军司令部。刚一开始，洼田的态度强硬，不肯再缴出军械，我义正词严地说："我们取得了抗日战争的胜利，你们是失败者，日本天皇已经宣布无条件投降，我们完全有理由叫你们全部缴械！怎么还可以讲条件呢？"洼田见我不吃他那一套，态度就软下来了，并吩咐他的副官与我具体进行商谈，自己则暂时避开了。他的两个副官，一个少校军衔，一个中尉军衔，见到我更是露出了失败者的面目。我再次严正声明："根据《波茨坦公告》，你们早就该向我们投降缴械了。如果不把这40多节车皮出来，我们会不客气地包围歼灭你们，这样做才符合国际法。"他们见我这么强硬，又去叫洼田，这次洼田更软了。他还拿出一张席子铺在地上，请我坐下，喝茶吸烟，谈的时间较长。我要他认清形势，老实接受投降，还是有出路的。日军方面不得不表示愿意缴出 40 多节车皮的军用品，并答应留下几门新型炮和一些重机枪、步兵炮。因为我来谈判时随身带了拉线的电话，我把谈判的结果向纵队司令叶飞同志汇报，纵队经请示陈毅同志后指示说："将日军的武器尽量留下，日军人员可以放走。"至于那些准备随日军向北逃跑的几百名伪军作为我们的俘虏，被全部扣押下来了。

一天傍晚，纵队司令部传达了陈毅同志新的命令："继续追击敌人，把日军的轻武器全缴下！"听了这个命令，我心想，陈毅同志说的"分几次吃掉"，这次大概就是最后一次了吧。我们立即吹号集合部队，准备出发。纵队司令员叶飞同志也亲自前来与我们一起追击。部队在黑暗里向北面的泰安县方向追击前进。

夜行军，深一脚，浅一脚，很不好走，但指战员的情绪高昂，毫无倦乏之感。到了大汶口北面，一条较宽的河道拦住了部队的去路。因为这时是冬季，旱季少雨，宽广的河道只剩几米宽的河面，水位只有半人多深。即使这样，没有桥梁过河也不行。但叶飞司令员命令："部队统统赤脚蹚水过河，拂晓以前一定要追上敌人！"指战员们二话不说，纷纷脱鞋子挽裤腿，跳下冰冷刺骨的河水中，涉水而过，继续迅速地急行军。

第二天晨曦中，我们已经在薄雾中远远地隐约望见日军的大卡车了。我们准备在泰安县以南、北大关以北的洼地，把日军围困起来。这里三面是山，只有一条路通往济南，地形条件对我军有利。而我们纵队的第七、八团，早已奉命从泰安县南下阻击，挡住了敌人的前进道路，这样一来，前堵后追，敌人即便不是败兵，再有多大的本领也不能插翅而飞了。

我再次奉命当了与日军谈判的代表。

这次谈判是安排在日军的一辆军用卡车上。洼田可不像上次最初见面时那样神气了，听到要他们全部缴出轻武器的要求后说："这里剩下的武器不多了，根据上级命令，要缴给国民党，否则我们到济南也难交代，请原谅！"我说："国民党消极抗战，积极反共，现在没有权利到敌后地区受降，应该全部缴给我们！"我要求他们不仅缴出轻武器，还要留下全部的军用卡车。洼田已是穷途末路，但是在谈判时还是讨价还价，总想带回去一点东西。我见洼田一伙还在耍滑头，就打算再施加一点压力。我告诉他们，我们已经把这里的水源控制了（因鲁中地区的水源多半是泉水和小溪，比较容易控制），又占领了附近的山地。我指着山头隐约可见的部队，对他们说："我们已经包围了你们，若不缴械，当然是先礼后兵，你们要被全部消灭了。"洼田看了周围的情势，知道自己是瓮中之鳖，再也动弹不得，只得老老实实地同意我们的要求就范了。

在华丰地区，我们三次同日本侵略军谈判受降，共收缴日军的武器弹药：野炮1门，步兵炮2门，迫击炮3门，掷弹筒47具，重机枪25挺，轻机枪31挺，步马枪8支，各种炮弹30万发，手榴弹4140颗，坦克2辆，汽车37辆，电话总机4部，电话机47部，以及不少炸药、被服等军用物资。